I Narratori/Feltrinelli

# ANGELA CARTER
# VENERE NERA

Traduzione di Barbara Lanati

Feltrinelli

Titolo dell'opera originale
BLACK VENUS

Traduzione dall'inglese di
BARBARA LANATI

Prima edizione ne "I Narratori" aprile 1987

ISBN 88-07-01333-9

VENERE NERA

Sono tristi, infinitamente tristi le sere d'autunno avanzato. Sono colorate di rosa e di malva, sfumate di grigio. Tristi da stringerti il cuore. In cielo le volute larghe, vistose di nuvole segnano il commiato del sole. L'angoscia scende sulla città. E insieme un senso di rimpianto, di nostalgia per ciò che non abbiamo mai conosciuto, l'angoscia di un anno che finisce, di un anno che incomincia, il tempo del desiderio impotente, la stagione al di là della rassegnazione – sconsolata. In America, per autunno, usano la parola "Caduta". A ricordare la Caduta dell'Uomo, come se quel dramma fatale, il primitivo furto del frutto, dovesse ripetersi all'infinito. Con regolarità ciclica. Tutti gli anni, allo stesso momento dell'anno, quando i ragazzini che riprendono la scuola si preparano a furtive escursioni negli orti. Quando con quel loro gesto così banalmente comune, evocano l'immagine di un bambino, uno qualsiasi, l'immagine di tutti i bambini, che – fosse loro chiesto di scegliere tra virtù e conoscenza – immancabilmente sceglierebbero la conoscenza, la strada più difficile. Sempre. Per quanto non conosca il significato della parola "rimpianto", la donna sospira, senza un motivo preciso.

Volute morbide di foschia allagano i vicoli. Come le esalazioni di uno spirito esausto, si levano dal fiume che scivola lento. S'insinuano tra le crepe dell'intelaiatura delle finestre tanto che, lassù, il profilo del solitario appartamento in cui loro due abitano vacilla e si scioglie. Sono quelle le sere in cui ti guardi intorno e vedi le cose come se gli occhi ti stessero per cedere al pianto.

La donna sospira.

È stata la mela enorme ed asprigna del fetido Eden cui apparteneva che lei, la nostra Eva sconsolata, ha morso – per trovarsi trasportata all'istante, qui, come in un sogno; nondimeno, ancora adesso, la mente di lei è una *tabula rasa*. Non ha mai vissuto quell'esperienza come fosse *tale*, la vita non ha mai aggiunto nulla alla somma finale della sua conoscenza. Piuttosto, ne ha sempre sottratto qualcosa. Lo dice persino la Bibbia, se è da zero che parti, ti sarà portato via anche quello.

A dir la verità, ho l'impressione che lei non si sia neppure presa la briga di morderla, quella mela. Proprio per niente. Perché mai *doveva* farlo? Non sapeva che farsene della conoscenza, lei. E non si trovava né in uno stato di innocenza, né in uno stato di grazia. Ve lo racconto io chi e cosa era Jeanne.

Era come un pianoforte finito in un paese ai cui abitanti, uno dopo l'altro, fossero state mozzate le mani.

In quelle tristi giornate, di quei tempi così pieni di melanconia, mentre la stanza affonda nell'ombra del crepuscolo, lui invece di darsi da fare per crearle tutt'intorno una atmosfera carina, accendere il lume, preparare gli aperitivi e così via, tra i vaneggiamenti del delirio in cui vive, biascica: "Bambina mia, bambina mia dolce, lascia che ti riporti là da dove sei venuta, a quell'isola stupenda e oziosa cui appartieni, quell'isola dove il pappagallo ingioiellato dondola sull'albero verniciato a smalto, quell'isola in cui i tuoi denti bianchi e forti potranno ancora sgranocchiare zucchero di canna, come quand'eri piccola, bambina mia.

Quando saremo là, nel canto melodioso delle palme, nell'ombra dei fiori viola, io t'amerò a morte. Torneremo insieme, laggiù, e andremo a vivere in una casa dal tetto di paglia, ci sarà una veranda foderata di rampicanti in fiore, ci sarà una ragazzina con un corto grembiale bianco e i capelli crespi fermati in una treccia da un nodo di raso giallo. La ragazzina agiterà certo per noi un ventaglio di piume, e languida l'aria smossa accarezzerà i nostri corpi che dondoleranno nell'amaca, a destra e sinistra, su e giù... la nave, bambina mia, la nave è già in porto ad attenderci. Mia piccola scimmia, gattina dolce, cucciolotta mia... pensa come sarebbe bello vivere laggiù...".

Ma di quei tempi, intristita dai morsi del freddo e del malumore, Jeanne è tutto tranne che una cucciolotta, una gattina; piuttosto ha l'aria di una vecchia cornacchia dalle penne arruffate. Infagottata di stracci se ne sta lì rannicchiata di fronte a un camino fumoso di cui, con dispettosi legnetti, attizza il fuoco. Tossisce e si lamenta in continuazione e ha sempre freddo e c'è sempre una qualche corrente d'aria che la rode alla nuca o la pizzica alle caviglie.

Cosa? Andare, dove? Neppure per sogno, certamente *non laggiù*! Perché laggiù la spiaggia è di un giallo accecante e il cielo di un azzurro impietoso. Un quadro imbrattato di colori senza sfumature, nudi e crudi così come escono dal tubetto del pittore. Un quadro dalla prospettiva sconnessa, come nel disegno di un bambino. Un quadro che fa male agli occhi guardare. Città marcescenti, infestate di mosche. Da mangiare, nient'altro che banane verdi e tuberi e di tanto in tanto uno spiedino di carne di capra che a masticarla ti sembra caucciù. Poi dà una scrollata di spalle con fare così teatrale che il gatto, oltraggiato, le rotola via dal grembo. Tanto, il gatto, lei lo odia. Solo a guardarlo, le vien voglia di strangolarlo. Piuttosto adesso vuol bere qualcosa. Sì, il rum le andrà bene. Prende un foglio manoscritto dal cestino della carta straccia, lo arrotola per benino, stretto stretto e con quello s'accende quel suo schifoso, nero, corto sigaro spuntato.

La notte sopraggiunge a passi morbidi e nubi stupende attraversano il riquadro della finestra, quelle nubi spettrali del cielo notturno che come per magia è possibile vedere solo quando è assolutamente buio. Persino sulle finestre si è sfogata la fantasia capricciosa del padrone di casa. Ha voluto che i vetri di tutti i riquadri fossero smerigliati, tutti tranne quelli più in alto così che, prigionieri dell'appartamento, loro due potessero guardare al cielo come fosse una fuga di colore, interminabile, ininterrotta. Come se stessero vivendo nella navicella di una mongolfiera, quella in cui l'amico di lui, Nadar, aveva eseguito le sue trionfali ascese.

Ora, al soffio di una prepotente folata di vento che proprio adesso scuote le tegole tintinnanti del tetto sopra di noi, l'elegante appartamento con tanto di tappeti persiani, tavolo di noce su cui i Borgia servirono un tempo bevande avvelenate, poltrone scolpite dalle cui zampe bulbose ci guardano testine del Cinquecento dalle smorfie sinistre, pareti foderate di crostacce di falsi Tintoretto (il nostro è conoscitore d'arte infaticabile per quanto un po' troppo giovane per avere il sesto senso di rendersi conto quando gli stanno tirando un bidone), l'elegante appartamento – dicevo – su invito delle misteriose correnti che attraversano i cieli, come una cabina di volo perfettamente equipaggiata staccherà gli ormeggi fissati alla strada e decollerà. Partirà e guizzando attraverserà la volta fonda della notte e dopo aver sfiorato una stella, al momento del decollo, si trascinerà dietro impigliata alle code una luna crescente, nata morta. Poi la navicella ci depositerà.

"*No!*" urla lei. "No! Non nella maledetta foresta dei pappagalli! Cristo no, non mi far rifare la strada degli schiavi, all'indietro, verso le Indie occidentali. E sbatti fuori quel gatto di merda, prima che te la faccia sul tuo prezioso Bukara!"

Qualcosa in comune ce l'hanno quei due: nessuno dei due ha una terra d'origine anche se a lui piace raccontarsi che lei ha una casa da fiaba, nel cuore dell'oceano azzurro, c'è poco da fare, lui la costringe ad averla, una casa, che lei l'abbia sul serio o meno, si rifiuta di credere che lei sia una povera disgraziata quanto lui... Ciò nonostante una casa insieme ce l'hanno, quando insieme, a casa, contemplano la fuga; insieme aspettano il vento, quel vento che li farà, come per miracolo, volare altrove, in quella terra felice, lontana, la terra delle delizie, dell'agio, del piacere.

Tuttavia, dopo un paio di bicchieri, lei smette di tossire, si fa un poco più carina con lui, acconsente a sciogliersi i capelli e lascia che lui ci giochi, come gli piace. Poi, quando è lei ad aver la meglio sulla sua indolenza congenita – perché è capace di restare sdraiata, come un vegetale, in trance per ore e giorni, vicino al camino fumoso, nella penombra di quella stanza – allora, qualche volta, dopo aver lanciato il mozzicone di sigaro nel fuoco, acconsentirà a spogliarsi e a ballare per Papino il quale, tutto sommato – magari a denti stretti, ma lei alla fine cede e lo ammette – è un buon Papino. Le compera i bei vestiti, le concede di tanto in tanto una buona dose di hashish, le evita di dover battere.

D'ottobre, quando la notte la luna è una falce sottile sottile, quando la terra, perché tutto sia ancora più misterioso, nasconde nella sua ombra la complice rilucente degli assassini – in notti del genere, si può ben dire che la luna sia nera.

E la danza, di cui lui andava pazzo e che aveva ideato proprio per lei, consisteva in una serie di pose sensuali in sequenza, del genere "da eseguirsi in camera chiusa – all'interno di un bordello"; nondimeno il tutto era eseguito con un certo buon gusto, perché lui preferiva che si muovesse lentamente e ritmicamente piuttosto che in modo sfrenato. Ci teneva che indossasse bracciali e collane quando ballava per lui e lei adornava il suo corpo dei gioielli che lui le aveva regalato. Risuonavano metallici, perché, naturalmente, si trattava di bigiotteria, non di pezzi che lei avrebbe potuto o voluto vendere. Durante la danza Jeanne canticchiava una melodia creola, le piacevano quelle un po' spinte, quelle in cui si raccontavano le imprese della moglie del calzolaio, il Martedì Grasso, o quanto ce l'aveva grosso un certo pescatore che per quello era passato alla storia, ma Papino non ci faceva caso, non gli interessavano i canti della sua sirena. Lui incollava quei suoi occhi scuri, luminosi, attenti, alla pelle di lei decorata dai gioielli, come se ne fosse letteralmente rimbecillito.

"Imbecille!" lei gli diceva, e nella sua voce c'era quasi tenerezza, ma lui non la sentiva.

L'ombra di lei si allungava nella luce del fuoco. Era una donna altissima, una sorta di stupendo gigante, del genere che cento anni più tardi avrebbe onorato con la propria regale bellezza i palcoscenici del Crazy Horse o del Casino di Parigi con addosso un cache-sexe di paillettes e bigiotteria da due soldi, divinamente alta, la pelle dal colore e dalla compattezza del camoscio. Josephine Baker! Tuttavia, la vivacità, l'esuberanza non furono mai le qualità di Jeanne. La sua caratteristica più spiccata era quella della litania, una litania soporifera di lamentele perché non le era permesso mangiare questo, bere quello, fumare quest'altro, in altre parole perché non le era permesso di bruciarsi. Il consumo, la combustione, queste erano le vere vocazioni della sua vita.

Per tutto il tempo della danza in onore di Papino, la bocca di lei aveva una piega amara di disprezzo. Con sguardo annoiato e insieme affascinato, guardava i complicati giochi di luci che sopra di lei, sul soffitto, disegnavano le pietre di vetro colorato di cui erano intrecciate, filo dopo filo, le collane che lui le aveva regalato. Sembrava che fosse lei l'origine della luce intorno, ma era solo un'illusione. Jeanne brillava semplicemente perché il fuoco che stava per spegnersi illuminava la presenza di lui, per lei. Se era lo sguardo di lui a renderla luminosa, era la sua ombra a renderla ancora più scura di quanto lei davvero fosse. Era l'ombra di lui che avrebbe potuto cancellarla nel buio, per sempre. Se, sotto sotto, Jeanne avesse o non avesse un cuore buono, questo lo lascio ad altri decidere. Era stata educata alla Scuola-delle-Botte-Pesanti e una buona dose di botte-pesanti credo faccia uscire il cuore dagli occhi a chiunque.

Mentre ondeggiava sinuosa in quella stanza scura che,

ancorata agli ormeggi, galleggiava nel buio in attesa di decollare alla volta di quell'immateriale viaggio che avrebbe potuto condurli a Citera, l'isola tanto amata dai poeti, Jeanne, per quanto poco portata all'introspezione, si chiedeva quale fosse la differenza tra ballare nuda davanti a *un solo* uomo e farlo davanti a un gruppo che pagasse per vederla. Aveva la sensazione che proprio lì, lungo la linea di demarcazione, in un qualche suo punto si fondasse la moralità. Le sue insegnanti – quelle della Scuola-delle-Botte-Pesanti – vale a dire le altre ballerine di fila del Cabaret, quello in cui all'età di sedici anni Jeanne aveva intonato con voce roca le stesse ariette creole che ora canterellava per lui, le avevano spiegato che erano due cose molto diverse, che c'era una differenza abissale e, nella sua sedicesima estate, le pareva che la sua unica, vera ambizione nella vita fosse quella di fare la mantenuta. In altre parole, di non essere costretta a battere. La prostituzione aveva a che fare con il numero, con l'essere pagati da più di una persona allo stesso tempo. E quello non andava bene. E lei era una ragazza per bene. Così quando faceva l'amore con un uomo – chiunque fosse – che appunto non fosse Papino, si rifiutava categoricamente di accettare denaro. Era una questione di principio. Era una questione di fedeltà. (Era lì, nel grembo di tali ipotesi etiche, che prendeva corpo sonnacchiosa l'ironia, nonostante la donna con cui faceva l'amore deducesse che lei fosse una persona promiscua, dal fatto che *lo era*.)

Ora, tuttavia, trascorsa più di una folle stagione vivendo con lui lassù tra le nuvole, di tanto in tanto Jeanne si chiedeva se la carta che aveva deciso di giocare fosse quella giusta. Infatti se, per guadagnarsi il privilegio di essere una mantenuta, le toccava in ogni caso ballare nuda perché mai non avrebbe dovuto farlo facendosi pagare sull'unghia e poi mantenersi da sola? Eh? Eh?

Tuttavia, subito dopo averci pensato, solo l'idea di doversi riorganizzare una carriera la faceva sbadigliare. Avrebbe dovuto cominciare a trascinarsi da una *madame* a un *music-hall* e via dicendo; dio, che fatica! E poi, quanto avrebbe dovuto chiedere? L'idea che Jeanne aveva del valore d'uso del proprio corpo era estremamente vaga.

Danzava nuda. Gli orecchini e le collane risuonavano metallici. Come sempre, quando finalmente si decideva a farlo, ad alzare il culo da terra e cominciare a ballare, ci provava non poco piacere. Le pareva persino di volergli un poco di bene. E poi era stata fortunata. Lui era giovane e anche un bell'uomo. Sfortunata, invece, per via della situazione economica, piuttosto instabile, e poi c'era l'oppio, e poi tutto quel suo scribacchiare; e il fatto che lui... ma a "quel" punto, voltava immediatamente pagina.

E pensava solo e unicamente a quanto era stata fortunata, e gli tendeva le braccia, e gli sorrideva, un sorriso radioso, abbagliante – i molari magari ormai ridotti a neri mozziconi, ma i canini aguzzi e ancora candidi, come quelli dei vampiri – e lo invitava ad alzarsi, a ballare con lei. Ma lui non lo fece mai, assolutamente mai. Aveva paura di stazzonarsi la camicia, farsi saltare il collare o qualcosa del genere, anche se, quand'era completamente fatto, batteva le mani al ritmo della danza di lei. E a lei piaceva moltissimo. Le sembrava che lui le facesse capire quanto gli piaceva. Quando ne aveva bevuti parecchi, si dimenticava del tutto di quell'altra cosa, anche se – è naturale – più o meno lo sapeva. Giorno dopo giorno, rinserrate nella sala da trucco, le ragazze avevano recitato insieme la litania mostruosa dei sintomi che quel male portava con sé, le voci come sussurri pieni di terrore, sguardi che spiavano negli specchi indovini e che invece dei volti rosei vi intravedevano proprio teschi segnati dal fard.

Quand'era sola, tutta sola davanti al camino, e ne aveva bevuti più d'uno e ci pensava, quel pensiero la faceva scoppiare a ridere, la risata orrenda di una vecchia megera, come se fosse già quella megera che sarebbe stata, come se si divertisse moltissimo a fare uno scherzo macabro alle spese di quella cosa graziosa che ancora era, ma che in segreto già stava marcendo dentro di sé. E la Notte di Valpurga la strega giovane urlava alla strega vecchia: "Guardami, nuda su un caprone. Guarda com'è fresco, bello il mio corpo". E la strega vecchia scoppiava a ridere. Come rideva! "Marcirai!" Marcirò pensava Jeanne, e rideva. Mal si addiceva a una creatura fatta per il piacere, come Jeanne era, quella risata rumorosa e sgangherata da vecchia cinica, cinismo geriatrico. Nondimeno, la sifilide non costituiva forse il destino emblematico di una creatura nata per il piacere e insieme il prezzo che toccava pagare per avere in cambio quella mistura atroce di corruzione e innocenza che lei, la figlia del sole, aveva portato con sé dalle Antille?

Tuttavia a Parigi ci era arrivata indenne. Sulla sua persona, nulla di più grave che scabbia, malnutrizione e tigna. Sembrava un brutto scherzo del destino dunque il fatto che secoli prima ancora che Jeanne nascesse, la dea azteca Nanahuatzin avesse riversato una cornucopia di sedie a rotelle, occhiali scuri, stampelle e pillole al mercurio sulle navi dei conquistadores i quali riportavano dal Nuovo al Vecchio Mondo copiosi bottini contagiati dal male. Era la vendetta di un continente stuprato che si perpetrava nelle alcove d'Europa. Senza saperlo Jeanne si incamminò sulla stessa via, quella tracciata da Nanahuatzin, attraverso l'Atlantico, ma su di sé non portava il germe della vendetta erotica – quel germe se l'era preso dal suo primissimo protettore. Proprio dall'uomo che lei sperava l'avrebbe portata lontana da tutto quello. Sembrava incredibile, una storia da morir dal ridere, solo che lei era fatalista e non gliene fregava niente.

Si piegò all'indietro, tanto che il vello straordinariamente copioso, il vello di una pecora nera, i suoi capelli sciolti, si sparse sul Bukara. Era un'acrobata eccezionale. Del suo corpo riusciva a fare un arcobaleno color mogano. (Notare i piedi di lei e le mani, grandi, forti, capaci come quelle di una balia.) Se lui era un vero connaisseur della bellezza, lei lo era dell'umiliazione più sottile, più perversa, ma era sempre stata troppo povera per riuscire a concedersi il lusso di riconoscere che cosa davvero fosse un'umiliazione. Uno prendeva quel che veniva. Il suo corpo si arcuava al punto che un ragazzino sarebbe potuto passarle sotto. In quella posizione, il sangue le cantava impazzito nelle orecchie.

A testa in giù riusciva a vedere là in alto, nel pannello lassù più a destra, quello che lui non aveva fatto smerigliare, la falce di luna, i profili netti come se fosse stata incollata sulla superficie del cielo. Era grande come un paio di forbicine da unghie, solo un poco più larga e si intravedeva incerto il contorno di ciò che restava della sua superficie, di quella parte che l'ombra della terra oscurava. Come se la terra fosse artigliata tra le due punte della luna, come se la luna tenesse tra le braccia il mondo. Sospesa al rebbio inferiore, legata a un laccio teso, invisibile, una stella di straordinaria lucentezza.

Il gatto color del basalto, il gioiello di famiglia, conclusa la sua passeggiata escrementizia lungo il quai, ora miagolava lamentoso fuori della porta. Voleva rientrare. Il poeta gli aprì. Con un balzo, gli fu tra le braccia amorevoli e riempì l'appartamento di fusa felici. La ragazza pensò di strangolare il gatto servendosi delle lunghe, agili dita dei piedi, tuttavia intenerita dall'esercizio della sua stessa sensualità lasciò perdere e di lì a poco rise alla vista di lui che amoreggiava con il gatto esattamente come faceva con lei: stessi gesti, stesse carezze. Così perdonò al gatto di esistere. Avevano troppo in comune. D'un tratto si lasciò andare e il suo corpo ricadde morbido sul tappeto, come un arco allentato. Si strofinò i tendini tesi.

Lui le disse che danzava come un serpente e lei gli rispose che i serpenti non danzano perché non hanno le gambe e allora lui, ma con dolcezza, Jeanne, sei un'oca. Ma lei lo sapeva che lui, un serpente, da vicino non l'aveva *mai* visto. Nessuno che avesse visto come si muove un serpente – quel sistema veloce di contorcimenti piatti e trasversali, precisi come colpi di frusta, che sulla sabbia dietro di sé lasciavano la forma, a increspature leggere, di un serpente, e il tutto in un attimo terribilmente breve – se lui solo avesse visto come un serpente si muove, una cosa così non l'avrebbe mai detta. Sbuffò risentita, poi lasciò cadere l'argomento e prese a guardarsi i seni imperlati di sudore. Ci sarebbe voluto un bagno, in ogni caso, anche perché quelle continue perdite vaginali le davano una qualche preoccupazione, avevano uno strano odore di topo. Rappresentavano un qualcosa di nuovo per lei, sinistro, orribile. Però: niente acqua calda, non a quest'ora.

"Ma se paghi ce la portano su."

Adesso era *lui* che faceva il muso lungo. Era il suo turno. Riprese la manicure.

"Tu pensi che io non abbia bisogno di lavarmi perché tanto lo sporco non si vede."

Ma poi, proprio mentre lanciava i primi strali del suo bisbetico assalto, assalto che si sarebbe potuto protrarre per una buona oretta, un'ora di tensione e di acide battute, se lei solo se la fosse sentita, perse ogni interesse nella discussione. Un senso improvviso di indifferenza totale si impadronì di lei. Ma a che serve, dopo tutto? Tanto dobbiamo morire. È come se fossimo già morti. S'accovacciò di fronte al camino, il mento poggiato sulle ginocchia, lo sguardo perso, fisso alle braci. Il viso immobile, paralizzato in una espressione risentita, imbronciata. Senza far rumore, il gatto le si andò a mettere di fianco, quasi ad aggiungere al quadro un tocco di satanico incanto, e sembrava che tutti e due intrecciassero una silenziosa conversazione con i demoni delle fiamme. Quando il gatto non le dava fastidio lei non dava fastidio a lui. Insieme, erano soli. La qualità dell'indifferenza, della lontananza reciproca, della concentrazione su sé di cui il gatto e la donna erano capaci, era così segreta, esclusiva, da fare sentire al poeta che in un qualche modo l'avevano sorpassato in astuzia. Così lui uscì di scena, andò agli scaffali della libreria e prese a curiosare, sfogliandoli, tra i volumi rari e preziosi che vi erano raccolti, tra i messali incastonati di pietre, gli incunaboli, i libri che aveva comperato in negozi molto particolari, libri che ti tiravano addosso la dannazione solo ad aprirli. Lui custodiva la propria sessualità, tanto faticosamente sollecitabile, fino a quando lei fosse preparata a riconoscerla, di nuovo.

Lui crede che lei sia un'urna di oscurità. Pensa che se leggermente la inclina, ne uscirà luce nera. Lei non è Eva, ma il frutto proibito fatto persona, e lui quel frutto l'ha mangiato!

> Divinità bizzarra, scura come la notte,
> che odori di muschio mischiato a tabacco,
> opera di uno sciamano, un Faust della savana,
> strega dalle cosce nere, figlia della mezzanotte.

Senza dubbio, il Faust che le aveva dato ordine di lasciare quell'abisso che è ancora scritto, devastante memoria, nello sguardo di lei, deve aver ceduto l'anima in cambio della sua presenza. Le labbra della nera Elena succhiano al poeta il midollo del suo spirito, anche se lei non ne ha nessuna intenzione. Fatta eccezione per i pranzi e qualche bicchiere, non ha molti desideri consci. Fosse buddista, sarebbe a metà strada del viaggio che conduce alla santità, perché è così poco quello di cui ha bisogno, anche se ahimè, di tanto in tanto ha ancora le sue piccole, urgenti, esigenze.

Il gatto sbadigliò e si stiracchiò. Jeanne si svegliò dalla trance in cui era caduta. Prese un altro dei sonetti di lui, di quelli che aveva buttato, lo arrotolò stretto stretto, e lo usò per accendersi un altro sigaro, poi con il bicchierotto di vetro intagliato che le tintinnava stridulo tra le mani, con quella sua inimitabile voce, mezza rauca, mezza carezzevole, la voce di una cornacchia allevata a miele, con quel suo accento strascicato delle Antille, si rivolse al poeta e gli chiese un po' di denaro.

Sembra che nessuno sappia quando Jeanne Duval sia nata, anche se con estrema precisione è registrato l'anno (1842) in cui incontrò Charles Baudelaire. Ne esiste attendibile documentazione nelle biografie delle due altre amanti di lui, Aglaé-Josephine Sabatier e Marie Daubrun. Oltre a Duval, Jeanne usava anche i cognomi Prosper e Lemer, come se il suo vero cognome non avesse alcuna importanza. Quanto al problema di dove venisse, se ne sa ancora meno. Certi testi suggeriscono le Isole Mauritius, nell'Oceano Indiano, o Santo Domingo, nei Caraibi. Scegliete pure fra due parti completamente diverse del mondo, non fa nessuna differenza! (Il suo *pays d'origine* ha meno importanza di quanto l'avrebbe se, invece di essere una donna, lei fosse stata un vino.) Le Isole Mauritius sono una congettura campata in aria, basata sul fatto che Baudelaire ci passò qualche tempo durante il suo viaggio abortito, alla volta dell'India, nel 1841. Santo Domingo, l'Hispaniola di Colombo, ora Repubblica Dominicana, una storia tormentata, è appena a nord di Haiti. Qui, Toussaint L'Ouverture guidò una fortunata rivolta degli schiavi contro i proprietari terrieri francesi esattamente durante gli stessi anni della Rivoluzione francese.

Per quanto lo schiavismo fosse stato abolito senza alcuna discussione in tutti i possedimenti francesi dall'Assemblea Nazionale nel 1794, esso fu ripristinato in Martinica a Guadalupa – tuttavia non ad Haiti – da Napoleone. Si dovette arrivare al 1848 perché in questi paesi gli schiavi fossero liberati. Nondimeno spesso le amanti africane di residenti francesi venivano rese libere, insieme ai figli che avevano avuto, e i matrimoni misti non erano assolutamente avvenimenti straordinari. Ebbe così origine la razza creola, di formazione borghese. È di questa classe che faceva parte Josephine che divenne Imperatrice di Francia per via del suo matrimonio con Napoleone.

È poco probabile che Jeanne Duval appartenesse a quella classe se, di fatto, era dalla Martinica che proveniva e quest'ultima, visto che sembra fosse francofona, sembra un'ipotesi plausibile.

Lui ne fece un appunto in *Mon coeur mis à nu*: "dell'odio della gente per la bellezza. Esempi: Jeanne e Mme Muller". (Chi era mai Mme Muller?)

In strada, i ragazzini le tiravano addosso le pietre, era talmente alta, con quell'aria così da strega – e quand'era bevuta, barcollava con la dignità tutta particolare, vulnerabile e insieme consapevole di sé, con cui camminano gli ubriachi, una dignità che immancabilmente attira lo scherno, e poi aveva un'aria sconcertata, con quel manto enorme, sciolto e scomposto di capelli, che troneggiava su di un capo eretto, orgoglioso, come se stesse trasportando una giara piena fino all'orlo di acque del Lete. Chissà, forse lui l'ha incontrata così per strada, in lacrime perché i ragazzini le tiravano le pietre, le urlavano dietro "puttana nera" o peggio, e le inzaccheravano le balze della gonna di crinolina, che era bella, bianca, gettandole addosso il fango che raccoglievano a piene mani dai fossati al bordo della strada, perché era là nel fango che pensavano dovesse far ritorno, perché era una puttana che aveva la faccia tosta di andare al negozio dell'angolo, dondolandosi lenta sui fianchi, a comperare sigari, *ordinaire*, o rum, con la puzza sotto il naso, neanche fosse l'Imperatrice di tutte le Afriche.

Ma lei era un'Imperatrice spodestata, Sua Altezza Reale in esilio, perché non era forse vero che era stata spossessata di tutta la variegata ricchezza di quei paesi?

Derubata dei portali bronzei di Benin; dei ferrei seni delle amazzoni della corte del Re di Dahomey; del sapere esoterico della grande università di Timbuktù; della cortesia squisita delle spettacolari città del deserto di fronte alle cui mura i cavalieri s'inchinavano così da rendere omaggio alla notte che scendeva, e davano fiato a trombe lunghe due volte la lunghezza dei loro stessi corpi. E l'Abissinia, terra di santi neri e di leoni sacri, per lei non era ormai neppure leggenda. E delle savane, dove gli uomini combattono a mani nude con i leopardi, non sapeva assolutamente nulla. Il continente meraviglioso al quale la sua stessa pelle la univa era stato amputato dalla memoria di lei. Le era stata sottratta la Storia della sua gente. Era nient'altro che figlia della colonia. Era stata la colonia – bianca, imperiale – a generarla, il suo vero padre. La madre invece se ne andò via con i marinai e fu la nonna ad occuparsi di lei, in un'unica stanza, con un letto coperto di stracci.

La nonna le diceva: "Ho visto la luce a bordo di una nave. Su quella nave mia madre morì e venne buttata in mare. In pasto agli squali. Fu un'altra donna, di un qualche altro paese, che aveva dato alla luce un figlio morto, ad allattarmi. Di mio padre non so nulla, non so dove son stata concepita, né su quale costa, né in quali circostanze. Poi, di lì a poco la mia madre adottiva morì, in una piantagione. Di febbre gialla. Venni svezzata. Crebbi."

Nondimeno, tracce di quell'eredità negativa erano rimaste in Jeanne; se si cercava di farle fare qualcosa, qualsiasi cosa che lei non volesse fare, se si cercava di intaccare anche soltanto leggermente quella minuscola pepita d'acciaio, il suo libero arbitrio di cui il letargo era l'espressione, allora si capiva come fosse riuscita a far perdere la pazienza ai missionari, come fosse riuscita a ereditare, non l'autocommiserazione, ma quei ventinove colpi di frusta, quelli soltanto, tutti quelli che la legge ammetteva.

La nonna di Jeanne parlava creolo, patois, non conosceva altra lingua, lo parlava male e lo insegnò male a Jeanne che fece del suo meglio per trasformarlo in un buon francese quando, arrivata a Parigi, cominciò a frequentare il bel mondo. Ma ne fece un gran pasticcio. E perché stupirsene? Aveva il cuore altrove. Era come se la sua vera lingua le fosse stata tagliata e gliene avessero cucita addosso una diversa, che però non funzionava. Dunque più che non capirla, quella poesia così lapidaria, sconvolgentemente serena che il suo amante scriveva, Jeanne la viveva come un affronto infinito. Lui gliela recitava ora dopo ora e lei ci pativa, s'infuriava, s'irritava e si sentiva schiacciata dal peso dell'eloquenza di lui che negava la lingua di lei. Quell'eloquenza l'ammutoliva di un mutismo che era ancora più profondo, perché si manifestava in un acciottolio aspro di recriminazioni sgrammaticate e di richieste che lei non rivolgeva tanto al suo amante – gli voleva bene – quanto a se stessa, alla sua stessa condizione, goffa stangona che era, ignorante e nera, buona a nulla: pardon, buona a qualcosa sì, a una cosa sola, anche se le spirochete le stavano già divorando lentamente ma diligentemente il midollo spinale mentre lei, imperiale, portava sul suo amazzone capo il peso dell'oblio.

Il più grande poeta dell'alienazione finì per imbattersi nell'alieno più alieno in cui potesse imbattersi; la loro fu un'unione che il cielo sancì. E lui, in cuor suo, lo sapeva.

Il suo grande amore, la sua unica dea, l'ideale del poeta, giaceva splendida sul letto, in una stanza malinconica, foderata di rosso e di nero. Gli piaceva averla, gli piaceva che lei mettesse a spettacolo il suo corpo, che ne offrisse un banchetto sontuoso, regale, un banchetto in onore del luminoso sguardo di lui, di quei suoi occhi verdi che erano più grandi della bocca.

Venere giace sul letto, attende che il vento si alzi: pieno di desiderio, l'albatros color della fuliggine, attende la tempesta. L'uragano!

Lei la conosceva la storia dell'albatros. Era su una conchiglia di pettine che aveva attraversato, completamente nuda, l'Atlantico. Stretta nella mano una ciocca mirabile, maestosa di capelli, poggiata sul monte di venere. Sui venti leggeri che neri cherubini soffiavano per lei, si libravano, per poi scivolare con sbalzi improvvisi, gli albatros.

L'albatros può fare il giro del mondo, se solo ne percorre le zone più tempestose, in otto giorni soltanto. Poiché quando si poggiano sul terreno si muovono in modo ridicolmente goffo, i marinai danno a questi immensi uccelli soprannomi grotteschi, li chiamano avvoltoi smidollati, pattonai, babbuassi. Ma sono i venti il loro elemento. Dei venti, sono completamente padroni.

Laggiù, lontano lontano, dove la rotondità del mondo va di nuovo scemando, se è laggiù che vai, tanto a sud da raggiungere il regno dei ghiacci, dei freddi perenni con cui la nostra esperienza su questa terra si apre e si chiude, troverai catene di monti di ghiaccio spazzate dalle urla e dall'ululato di venti scroscianti, disabitate dall'uomo. Ci vivono solo i pinguini, regali nelle loro lunghe giacche a doppio petto non dissimili da quelle che porti tu, l'insigne. Tu, Papino. Tuttavia, a differenza di te, i pinguini sono così teneri con le loro campagne, e sono loro che restano a casa ad accudire le uova preziose che tra le zampe tengono in equilibrio mentre le amate spose escono, a divertirsi quel tanto che l'Antartico concede di divertimento.

Se Papino fosse uno di quelli, un pinguino, dio quanto saremmo più felici. In *questa* casa non c'è infatti posto per due albatros.

I venti sono l'elemento dell'albatros, tanto quanto l'atmosfera domestica lo è del pinguino. Nei "Ruggenti Quaranta" e nei "Furiosi Cinquanta", là dove i venti soffiano incessanti e prepotenti, da occidente a oriente, tra le lontananze più estreme dei continenti disabitati e l'azzurro color incubo dei ghiacci inabitabili, i grandi uccelli scivolano a gruppi silenziosi, in gaia serenità alla volta del sud, sempre più a sud, così a sud da capovolgere il sud immaginario del poeta, il sud della foresta abitata da pappagalli, delle spiagge impolverate d'oro. Là, là in fondo, quelle stupende *figure dell'aria* che vivono nell'occhio del ciclone avranno come unici spettatori quei pennuti flemmatici, monocolori, incapaci d'alzarsi in volo, i pinguini che – come piccoli borghesi, Papino mio, se ne stan quieti quieti, le uova poggiate sulle piatte zampe, ad ammirare gli albatros, gli artisti – noi – mentre dall'alto trapezio sfidiamo la morte.

La donna e il suo amante aspettano che s'alzi il vento che li porterà lontano dal loro appartamento malinconico. Saliranno in alto, sempre più in alto. Quel vento sarà il vento che spirerà da un nuovo pianeta.

Il giovane uomo respira il profumo dell'olio di noce di cocco con cui lei si friziona i capelli, per farli brillare di più. Il suo decadente, sofferto romanticismo trasforma un odore familiare, da cucina dei Caraibi, nel profumo dell'aria di quelle isole ai tropici che di tanto in tanto, lui se ne convince, gli paiono le terre felici del suo desiderio. L'immaginazione fervida di cui è dotato opera sull'odore forte, vigoroso del sudore di lei che la danza ha appena ridestato, un'alterazione chimica. Crede che il sudore di Jeanne sappia di cannella perché Jeanne ha la pelle di spezie. Crede che la carne di lei sia di un tipo diverso dalla sua.

È essenziale alla loro unione la regola che, nel caso lei decida di indossare i privati abiti della sua nudità, le insegne regali di gioielli e fard, nulla a che vedere con la produzione di sartoria, allora lui debba assolutamente tenersi addosso quegli impedimenti ottocenteschi, pubblici e maschili: giacca lunga a doppio petto (taglio impeccabile), la camicia bianca (pura seta, design londinese), la larga cravatta color sangue di bue, pantaloni perfetti. In quella scena c'è molto più *Dejeuner sur l'Herbe* di quanto lo sguardo possa cogliere. (Manet, un altro grande amico di lui.) Infatti l'uomo è vestito, l'uomo si veste per essere tale. La sua pelle riguarda unicamente lui, l'uomo: artificio e artefice di artificio, creazione della cultura. La donna invece è. Ed è, di conseguenza, vestita di niente. La sua pelle è proprietà comune. È un essere in totale simbiosi con la natura di cui divide la carnale innocenza, artificio quest'ultimo, secondo lui, tra i più abominevoli.

Una volta, prima che Jeanne diventasse una mantenuta, quando ancora lavorava al cabaret, lui e un gruppo di scapestrati bohémien riuscirono a portarla via ai suoi clienti. Dapprima lei protestò. Poi rise. Fatto sta che ce la fecero a farla sparire come per incanto e via, in giro con loro, fino alle ore piccole, alla ricerca di un posto in cui portare la loro stupenda preda, per berne ancora uno, e lei – quella volta – urinò per strada, proprio così, senza nessun annuncio ufficiale, né tantomeno senza essersi andata ad appartare in una stradina laterale, un briciolo di intimità! No, non si era neppure staccata dal braccio di lui, ma a gambe larghe lungo il canale di scolo che bordeggiava il marciapiede, un piede da una parte l'altro dall'altra, aveva pisciato come se farlo così fosse il gesto più naturale di questa terra. Dio, la sorpresa di quel suono, il tintinnio di quella liquida cascata, campanelli cinesi!

(E fu a quel punto che Lazzaro si levò e, senza che glielo fosse stato ordinato, batté forte contro il coperchio della bara, i calzoni del poeta.)

Mentre attraversava la pozza che aveva fatto, Jeanne sollevò la gonna con la mano libera e fu così che lui vide il punto, all'altezza della caviglia, in cui si era inzaccherata le calze bianche. La sensibilità esacerbata, spaventata di lui gli diede la sensazione che quel liquido fosse una sorta di acido fisiologico, che le avesse bruciato la rete delle calze, dissolto nel nulla le sottogonne, il corsetto, il sottabito, l'abito che indossava, la giacca stessa. E ora lei gli camminava accanto come un feticcio ambulante, una presenza oscena, selvaggia, terrorizzante.

Quanto a lui, portava sempre un paio di guanti. Erano di pelle di capretto, rosa pallido, che gli aderivano alla mano, morbidi e stretti come i guanti di gomma che avrebbero più tardi usato i ginecologi. Lo guardava mentre giocherellava con i suoi capelli e le tornava in mente quieto il ricordo di un'amica dai capelli rossi, lavorava nel suo stesso cabaret e per un certo periodo aveva fatto un breve apprendistato in un bordello, ma aveva poi abbandonato il mestiere quando si era accorta che gran parte dei suoi clienti non chiedevano altro se non di venire nella sua spettacolare criniera rosso Tiziano. (E le ragazze, tutte una risatina, dio quanto si divertivano a sentir quella storia!) La ragazza dai capelli rossi pensò che quel tipo di insudiciante rapporto fosse, tutto sommato, meno disgustoso e più igienico di un rapporto sessuale regolare. L'unico problema era che, dovendo lavarsi tutte le volte i capelli, che a dire il vero erano la cosa più bella che avesse, stupenda – perché per il resto era un ragnetto, con gli occhi strabici – i capelli, dicevo, persero i loro oli naturali, essenziali. Venditrice e insieme merce, una puttana è anche l'unico capitale che ha al mondo, dunque deve aver cura di sé. Fu così che la rossa dagli occhi strabici decise di non sperperare incautamente il capitale che aveva, ma Jeanne che non sapeva cosa fosse l'anima del commercio, che non pensava di appartenere a se stessa, si regalava a chiunque la volesse, tranne che al poeta. Per lui provava un rispetto troppo grande, non poteva fargli un regalo così ambiguo, assolutamente no.

"Fammelo venir duro" disse il poeta.

*"Gli albatros sono famosi per le antiquate forme di corteggiamento che adottano per tutto il periodo degli accoppiamenti. Tali forme includono danze grottesche e goffe, accompagnate da inchini, piegamenti sgraziati, schiocchi di becco e prolungati profondi nasali sospiri."*

"Uccelli del Mondo", Oliver L. Austin Jnr.

Non sono poi granché come costruttori di nidi. È loro sufficiente un leggero affossamento del terreno. Oppure a volte si scavano nel fango una sorta di tumulo. Alla terra, si limitano a far concessioni del tipo più squallido. Lui se l'era prefigurato il loro letto, il nido dell'albatros, un genere di residenza del tutto temporanea, nella quale il Destino, la più grande Tenutaria che sia mai esistita, aveva rinchiuso, insieme, questi due strani uccelli. Nel temporaneo esilio in cui vivono, tutto è possibile.

"Jeanne, fammelo venir duro".

Lui è uno di quei tipi per i quali tutto deve essere complicato! Ogni volta che scopa ne fa una gran messa in scena, degna della Comédie Française, e farlo venire è sempre un melodramma, lungo cinque atti con interludi farseschi e passaggi d'altro genere che ti fan venire voglia di piangere e poi, certo che dopo lui si mette a piangere e si vergogna e parla di sua madre, il problema è che Jeanne non se la ricorda nemmeno, sua madre, e la nonna l'aveva venduta a un marinaio in cambio di un paio di bottiglie, e per la nonna quello era stato davvero un affare – lo diceva sempre – e ne era soddisfatta perché ormai Jeanne si stava mettendo nei pasticci e poi era così cresciuta, non stava neanche più nei vestiti e come se non bastasse, mangiava così tanto!

Mentre insieme scioglievano i nodi di cui era costruita la storia della trasgressione, il fuoco si spense. E anche quella sottile, pallida luna invernale che brillava lassù incollata all'angolo di sinistra, quello più in alto, del pannello più alto, l'ultimo a sinistra della fila di riquadri di cui lui non aveva fatto smerigliare il vetro, anche quella luna, accompagnata dalla sua stella satellite, percorreva l'ultimo tratto del basso arco che aveva disegnato nel cielo nero. Mentre Jeanne con stoico impegno lavorava al corpo di lui, come fosse il suo vigneto, per dargli piacere, mentre con il suo ingrato lavoro si guadagnava il paradiso, la luna e la stella raggiunsero insieme il riquadro più basso della finestra, quello di destra.

Se solo riusciste a vederla, se solo non fosse così buio, Jeanne vi apparirebbe come chi è stato appena derubato. Lo sguardo perso, gli occhi come due abissi, lo abbraccia stretto, come un bambino, lo consola perché lui, nel disgusto che prova per sé, s'è abbandonato a lei e le ha lasciato dentro quelle tracce, quei residui di bassa umanità, e di questo l'accusa con durezza, e per questo la glorifica regalandole l'eternità promessa dalla poesia.

La luna e la stella scompaiono.

Nadar sostiene di averla vista circa un paio d'anni più tardi. Era sorda, muta e paralitica. Baudelaire era morto. Alla fine, prima di morire, il poeta era così estraniato da se stesso che gli ultimi mesi, prima che la malattia lo annientasse del tutto, quando lo fecero guardare in uno specchio, fece un cenno educato col capo, come avesse davanti un estraneo. Disse a sua madre che avrebbe dovuto aver cura di Jeanne, ma sua madre non le diede uno spillo. Nadar sostiene di aver visto Jeanne mentre sorretta da due stampelle s'avviava zoppicando alla volta dell'osteria. Era completamente sdentata, intorno al capo aveva legato un telo, come una bambinaia negra, nondimeno si capiva benissimo che i suoi splendidi capelli le erano caduti. Il suo volto terrorizzava i bambini. Lui non si fermò a parlarle.

La nave salpava alla volta della Martinica.

Ma i denti si possono comperare. Davvero. E anche i capelli. Alle novizie, nei conventi, tagliano i capelli, rasi rasi e ne fanno parrucche stupende.

L'uomo diceva di essere suo fratello, chissà, forse erano *davvero* nati dalla stessa donna, perché no? D'altra parte lei non aveva la più pallida idea di che fine avesse fatto sua madre e lui, questo suo ipotetico semifratello, dalla pelle color caffelatte era saltato fuori al momento giusto, proprio in tempo per occuparsi delle sue pasticciate finanze con la perizia di un manager nato – per quel che ne sapeva lei, poteva anche essere Mefistofele, andava bene lo stesso. Suo fratello. Avevano messo da parte tutto quello che il poeta era riuscito a passarle di nascosto, quando sua madre non vedeva, per tutto il periodo della sua lenta agonia. Ecco qua, cinquanta franchi per Jeanne. Eccone altri trenta. E il gruzzolo aumentava.

La sorprese scoprire di valere tanto.

Al tutto andava aggiunta la vendita di un paio di manoscritti, quelli che prima lei usava per accendersi i suoi corti sigari. E la vendita di qualche libro, soprattutto quelli con tanto di dediche fiorite. E poi dei gemelli da polso e poi dei guanti di capretto rosa, praticamente nuovi, ne aveva cassetti pieni. Suo fratello sapeva a chi rivolgersi, così si sbarazzò di tutto. Anni dopo, qualsiasi oggetto fosse appartenuto al poeta raggiunse cifre vertiginose, divenne pezzo da collezionista. Persino i suoi goffi disegni. Ne lasciarono una cartella a un agente che sapeva il fatto suo.

E poi via, a bordo di una sbuffante nave a vapore – destinazione Caraibi – Jeanne lasciò l'Europa, come una rispettabile vedova. Dopo tutto non aveva neppure cinquant'anni. Un abito nuovo, nero di seta grezza, il viso leggermente devastato, tuttavia restaurato con cura e in parte nascosto da un velo che lo rendeva più misterioso e bello. Poteva essere la moglie creola di un funzionario statale di seconda categoria che, dopo la morte del marito, faceva ritorno in patria. Il fratello partì per primo, alla ricerca della proprietà che avrebbero acquistato.

Nessun albatros interruppe il viaggio di Jeanne. E non le venne mai in mente la strada degli schiavi se non per paragonare la traversata della nonna con la sua. E la sua era di gran lunga più confortevole. Era come se Jeanne avesse trovato se stessa. Come se fosse ritornata con i piedi sulla terra e ora, con l'aiuto di un bastone d'avorio, vi si muovesse con grande disinvoltura. L'aria di mare le fece bene. Decise di smettere di bere. Basta con il rum, soltanto un bicchierino la sera, prima di andare a letto, dopo aver terminato i conti di cassa.

Guardatela ora, mentre la vecchiaia avanza. Veste con grande decoro, ogni mattina, in nero. Un poco curva, s'appoggia al bastone, ma con grande, elegante nobiltà, come solo chi è riuscito a sfuggire all'abbraccio della morte sa fare. Esce di casa. La casa è molto graziosa, ha una veranda protetta da tutti i lati da rampicanti. "Buon giorno, Mme Duval!" canterella ossequioso il suo giardiniere. Un suono dolcissimo! Sta andando in banca a depositare i guadagni della sera precedente. "Grazie, Mme Duval. Grazie!" La deferenza. Non appena ne ebbe un piccolo assaggio, il suo primo, ne diventò vorace. Golosissima.

E fino alla fine, in età molto avanzata, quando il male alle ossa la piegherà per sempre, quando un corteo di fanciulle in lacrime l'accompagnerà al cimitero, fino alla fine Jeanne continuerà ad elargire agli amministratori più privilegiati della colonia, a un prezzo abbastanza contenuto – signore e signori – la più vera, autentica, genuina, baudelairiana sifilide.

I versi a pag. 20 sono tradotti da:

SED NON SATIATA

Bizarre déité, brune comme les nuits,
Au parfum mélangé de musc et de havane,
Oeuvre de quelque obi, le Faust de la savane,
Sorcière au flanc d'ébène, enfant des noirs minuits,

Je préfère au constance, à l'opium, au nuits,
L'élixir de ta bouche où l'amour se pavane;
Quand vers toi mes désirs partent en caravane,
Tes yeux sont la citerne où boivent mes ennuis.

Par ces deux grands yeux noirs, soupiraux de ton âme,
Ô démon sans pitié! verse-moi moins de flamme;
Je ne suis pas le Styx pour t'embrasser neuf fois,

Hélas! et je ne puis, Mégère libertine,
Pour briser ton courage et te mettre aux abois,
Dans l'enfer de ton lit devenir Proserpine!

*Les Fleurs du Mal*, Charles Baudelaire

Le altre poesie raccolte in *Les Fleurs du Mal* che si suppone riguardino Jeanne Duval sono in genere raggruppate sotto il titolo *Venere Nera* e comprendono: "*Les Bijoux*", "*La Chevelure*", "*Le Serpent qui danse*", "*Parfum Exotique*", "*Le Chat*", "*Je t'adore à l'égal de la voûte nocturne*", ecc.

# IL BACIO

In Asia centrale gli inverni sono grigi, il freddo pungente, mentre il caldo maleodorante delle estati porta con sé colera, dissenteria e zanzare. D'aprile invece l'aria è come una carezza morbida, come la pelle nell'incavo delle cosce e il profumo degli alberi su cui i fiori stanno per esplodere sciacqua via le zaffate acri delle fogne cittadine.

Ogni città è dotata di una sua logica interna. Provate a immaginare una città che, secondo linee rette e geometriche, con pastelli presi dalla scatola dei colori di un bimbo, sia stata disegnata e tinteggiata color ocra, bianco e terracotta pallido. Dal biancore tenue, dal rosa pallido della terra, come se vi fossero nate più che esservi state costruite, si levano, almeno sembra, file basse e bionde di case. Un velo leggero, come di sabbia finissima, copre ogni cosa: assomiglia alla polvere che quei pastelli ti lasciano sulle dita.

Stagliate contro il pallore scolorito del paesaggio, le croste iridescenti delle piastrelle in ceramica che foderano gli antichi mausolei stregano lo sguardo. Mentre lo fissi, il blu vibrante dell'Islam cangia in verde. Sotto una cupola bulbosa ricoperta di lapislazzuli alternati a veridian, in una tomba di giada, riposano le ossa di Tamerlano, flagello dell'Asia. Stiamo visitando una città che è davvero uscita, nel suo splendore, da una fiaba. Ci troviamo a Samarcanda.

La rivoluzione aveva promesso alle contadine Uzbek abiti di seta e, su questa promessa almeno, non ha barato. Esse indossano tuniche di raso impalpabile, rosa e giallo, rosso e bianco, nero e bianco, rosso, verde e bianco, chiazzate di righe dai colori brillanti che abbagliano come un'illusione ottica; gioielli di vetro rosso ne adornano copiosi i corpi.

Pare sempre che aggrottino le sopracciglia perché si dipingono una riga nera e spessa che attraversa la loro fronte tanto che il volto sembra segnato, da tempia a tempia, da un'unica linea continua: le sopracciglia. Sottolineano il bordo degli occhi con kajal. Sono stupende. Hanno capelli lunghi che fermano in decine e decine di trecce che volteggiano intorno al capo. Le ragazze più giovani portano piccole calotte di velluto ricamate di perline e fili d'argento. Le donne più anziane si coprono il capo con un paio di sciarpe di lana dipinte di fiori. Una la legano stretta intorno alla fronte, l'altra la lasciano sciolta, sulle spalle. Sono sessant'anni che qui non si portano veli.

Il loro passo è deciso, come se non fosse una città immaginaria quella in cui vivono. Non sanno di essere loro stesse e con loro gli uomini, che portano turbanti, giacche di montone e stivali, creature che allo sguardo dello straniero appaiono magiche come l'unicorno. Non sanno che la città in cui vivono non è il mondo intero. Del mondo conoscono solo questa città, bella come un'illusione, dove gli iris crescono nel fango delle strade. In una casa da tè, chiuso in una gabbia di vimini, un pappagallo verde sfrega le ali contro le sbarre, come a voler attirare l'attenzione.

Il mercato ha un odore forte, acerbo. Una ragazza, le sopracciglia un'unica linea nera, da un bicchiere, spruzza dell'acqua sui ravanelli. Di questa stagione, i primi mesi dell'anno, si può acquistare solo frutta secca della scorsa estate – albicocche, pesche, uva – fatta eccezione per qualche melograno: pochi, preziosi e coperti di rughe, sono rimasti sepolti sotto la segatura per tutto l'inverno ed ora eccoli lì, sul banco della frutta, spaccati in due così da mostrare il rosso luminoso dei granati che ancora contengono. Una specialità di Samarcanda sono i noccioli di albicocca salati, sono persino migliori dei pistacchi.

C'è una vecchia che vende sensuali gigli tigrati. È scesa stamane dai monti, dove i tulipani selvaggi sono fioriti come bolle di sangue, e dove le tortore dalle movenze e dai suoni carezzevoli stanno nidificando, tra le rocce. La vecchia inzuppa del pane in una tazza di siero di latte, è il suo pranzo e lo consuma lentamente. Non appena avrà venduto i fiori, farà ritorno là dove crescono.

Sembra a malapena che abiti il tempo. O, forse, è come se fosse in attesa di Sherazade quando l'ultima alba finalmente verrà, quando l'ultima fiaba sarà terminata, quando scenderà il silenzio. Sarà allora che la venditrice di gigli potrà scomparire.

Tra le rovine della moschea che la bella moglie di Tamerlano fece ergere, una capra mordicchia del gelsomino selvatico.

Quando la moglie di Tamerlano decise di far costruire la moschea, voleva fare una sorpresa al marito. Lui era lontano, in guerra, ma quando le giunse la notizia del suo imminente ritorno, c'era ancora un arco che doveva venir terminato. Lei andò di persona dall'architetto e gli chiese di affrettare i lavori, ma l'architetto le disse che avrebbe finito il lavoro prima dell'arrivo di Tamerlano a un'unica condizione, che lei gli desse un bacio. Un bacio, solo uno.

La moglie di Tamerlano era non soltanto molto bella e molto virtuosa, ma anche molto intelligente. Andò al mercato, acquistò un cestino di uova, le fece cuocere e poi le dipinse di dodici diversi colori. Mandò a chiamare l'architetto a palazzo, gli mostrò il cestino e gli chiese di scegliere un uovo, quello che preferiva, e di mangiarlo. Lui prese un uovo rosso. Che gusto aveva? Di uovo. Mangiane un altro.

Prese quello verde.

E quello che sapore ha? Lo stesso sapore dell'uovo rosso. Provane ancora uno.

Lui prese quello viola.

Se sono fresche, tutte le uova hanno lo stesso sapore, disse.

Esatto! disse lei. Non si assomigliano affatto, nondimeno hanno tutte lo stesso gusto. Dunque tu puoi dare un bacio a una qualsiasi delle mie ancelle, a quella che preferisci, ma devi lasciare in pace me.

D'accordo, disse l'architetto. Ma di lì a poco tornò a trovarla e questa volta era lui che portava un vassoio. Sul vassoio c'erano tre coppe. Sembravano piene d'acqua.

Bevi un sorso da ognuna di queste coppe, le disse.

Lei bevve dalla prima e poi dalla seconda. Ma quando venne alla terza le bastò un piccolo sorso ed ecco che prese a tossire, a far versi e sputacchiare perché nella terza coppa non c'era acqua, ma vodka.

L'acqua e la vodka, come vedi, sono uguali, ma il sapore dell'una è ben diverso dal sapore dell'altra, disse lui. E così è l'amore.

Allora la moglie di Tamerlano lo baciò sulla bocca. Lui tornò alla moschea e terminò l'arco lo stesso giorno in cui, vittorioso, Tamerlano rientrò trionfalmente in Samarcanda, con tanto di esercito, stendardi e grandi gabbie piene di re fatti prigionieri. Ma quando andò a trovare sua moglie, lei gli voltò le spalle, perché non c'è donna al mondo che, assaggiata la vodka, farà ritorno all'harem. Tamerlano prese uno staffile e la picchiò fino a quando lei non disse di aver baciato l'architetto e a quel punto lui diede ordine ai carnefici di recarsi immediatamente alla moschea.

I carnefici lo videro, stava in piedi in cima all'arco, e si precipitarono su, lungo la scala, con i coltelli sguainati e quando lui li sentì arrivare, si fece crescere le ali e volò via dalla Persia.

Questa è una storia semplice semplice, raccontata secondo forme elementari, geometriche, colorata di colori vivaci, i pastelli che usano i bambini. Quanto alla moglie di Tamerlano di cui narra la nostra semplice storia, si sarebbe dipinta una riga nera sulla fronte, da tempia a tempia, si sarebbe raccolta i capelli in decine e decine di minuscole trecce, come una qualsiasi donna Uzbek. Sarebbe andata al mercato ad acquistare ravanelli bianchi e rossi, da servire a cena al marito. E, dopo averlo lasciato, per campare, forse sarebbe andata a lavorare al mercato. A vendere sensuali gigli tigrati.

# NOSTRA SIGNORA DEI MASSACRI

Il mio nome non è né qua né là. Ne ho usati talmente tanti nel Vecchio Mondo e ora non posso parlarne. Poi c'è quello, come dire, delle *lande aspre e selvagge*. Di quello invece, adesso come adesso, non voglio parlare. Qui, dove mi trovo ora, *ho* un nome, ma il nome che oggi ho non ha nulla a che fare né con la mia persona, né con la mia vita, né con la mia natura. Ciò che è certo è che ho visto la luce nel *Vecchio Mondo*, nella contea di Lancashire, nell'Anno del Nostro Signore 16..., papà faceva il contadino e la mi' ma' e lui sono morti insieme di peste quando io ero piccola e allora noi che eravamo rimasti vivi, io, i miei fratelli e le mie sorelle, ci hanno portati alla parrocchia, di loro non so più niente, ma io, io me la cavavo non male col cucito, sapevo far le pulizie di casa così, quando ho avuto, mah, nove o dieci anni, mi hanno messa a servizio. Da una vecchia che faceva parte della nostra parrocchia.

La vecchia, o meglio la *signora*, non si era mai sposata, praticava la religione cattolica romana – io lo scoprii – ma lei non lo diceva a *nessuno*, in più era stata un tempo molto, molto più ricca di quel che era allora. Come se non bastasse, visto che voleva un figlio maschio e non l'aveva avuto, suo padre le aveva insegnato il latino, il greco, un po' di ebraico e le aveva anche lasciato un grosso telescopio con cui lei esaminava il cielo dal tetto per quanto avesse una vista così mal ridotta che non ho mai capito cosa capisse di quello che vedeva, fatto sta che quello che non vedeva, lei se lo inventava perché sosteneva di avere una vista difettosa per le cose di *questo* mondo ma perfetta per quanto riguardava il mondo a venire. Spesso mi lasciava dare una sbirciatina alle stelle, tutto sommato io ero la sua sola compagnia e mi ha imparato a scrivere, come ben vedete leggendomi, e mi avrebbe imparato tutto, ma proprio tutto quello che sapeva lei, non fosse stato che m'aveva fatto l'*oroscopo* appena ero arrivata a lavorare da lei, perché suo padre le aveva lasciato mappe e strumenti zodiacali. Allora lei mi fa l'oroscopo e mi dice che della lingua di Omero non avrò bisogno, mai e poi mai, ma un po' di conversazione in ebraico, quella sì me la insegnò, per le ragioni che vado ad elencare:

Punto primo: le stelle che aveva interrogato, a nome della sua amata bambina, dicevano senz'ombra di dubbio che avrei fatto un lungo viaggio, che avrei attraversato l'Oceano, che sarei andata nel Nuovo Mondo e che là avrei dato alla luce un bimbo benedetto i cui antenati – da parte di padre – non avevano mai messo piede sull'Arca di Noè. Inoltre, da quel che ci vedeva lei, e a forza di guardare si era fatta fuori gli occhi, quei "figli rossi delle lande aspre e selvagge" – e su questo non aveva dubbi – non potevano essere altro che la Tribù Perduta di Israele, dunque "shalom", mi insegnò a dire, oltre alle parole "amore" e "fame", e molto di più, ma io ho dimenticato tutto. Diceva che con quelle parole sarei riuscita a parlare a mio marito, quando l'avessi incontrato. E se io non fossi stata una senza grullerie per la testa, me l'avrebbe montata, la testa, a forza di riempirmela di scempiaggini del tipo che era scritto ben chiaro nelle stelle che io sarei diventata nientedimeno: Nostra Signora dei Pellerossa!

Punto secondo: quelle terre lontane lontane, dall'altra parte del mare si chiamano *Virginia*, dal nome della vergine madre di Dio Onnipotente e i fiumi vengono dritti dritti dall'Eden, ondepercui quando i nativi si sarebbero convertiti all'unica, vera religione – "E questo, figlia mia, è il tuo compito" – e mi rifila un rosario di Avemaria – "quando quello capiterà, ecco, allora sarà la fine del mondo e i morti risusciteranno per volare in paradiso, là dove si meritano di essere, e la mia piccolotta sarà lassù, incoronata d'oro, e su tutto sorriderà magnifica". E a quel punto bofonchiò in latino e si fece il segno della croce. Ma io non gliel'ho raccontata a nessuno la storia dei suoi *penchants* per i cattolici, e neanche quella delle stelle che lei stava a guardare a bocca aperta. Perché se non l'avessero impiccata per eresia, l'avrebbero impiccata per stregoneria, poverella.

Poi un bel giorno la mia vecchia si mette a letto per non alzarsi mai più e i cugini arrivano e per un pugno di penny dan via tutto quello che ha, ma siccome per me da loro non c'è posto mi tocca cambiar aria per conto mio.

Mi metto in testa che è a *Londra* che voglio andare perché lì sono convinta che farò fortuna, e mi metto la strada sotto le gambe e la notte dormo nei fienili o sul ciglio degli stradoni e in cinque giorni – che non è affatto male – ci sono. E quando sono a Londra, il mio primo furto: una pagnotta per non morire di fame. E fu così che mi incamminai per la retta via, quella che conduceva alla rovina perché mentre son lì che mi intasco la mia pagnottella, un signore, di quelli veri, mi tiene gli occhi addosso e invece di sbraitare al ladro, al ladro, mi vien dietro quando esco in strada, mi prende sottobraccio e mi chiede: è il bisogno o una mia predisposizione che mi spinge a far quel che faccio? Io, a quella domanda, vado su tutte le furie. Il bisogno, signore! dico io e lui: ma come una ragazza così giovane e bella, "una mungitrice del Lancashire" del par mio, io non dovevo aver bisogno di nulla finché lui avesse avuto vita e così me la conta soave, così soave che alla fine lo seguo in una stanza, al primo piano di una locanda dove lo conoscevano bene e dove c'era un letto. Poi quando scopre che non l'avevo mai fatto prima, si mette a piangere. Si dà gran colpi sul petto per la vergogna, per avermi sedotta. Poi mi regala cinque sovrani d'oro, non avevo mai visto tanti soldi fino a quel giorno, e se ne va. Dice che andrà in chiesa a chiedere perdono e quella è stata l'ultima volta che l'ho visto. Così con la mia prima sbandata, che non fu poi così sfortunata, finii sul marciapiede e la piccola "mungitrice del Lancashire" di lì a poco si mise nel ramo del commercio, sulla targa: "La puttana del Lancashire".

Dunque, se mi fossi accontentata di fare la puttanella come si deve, voglio dire senza ghiribizzi per la testa, oggi sarei una di quelle signore vestite di seta da testa a piedi che vanno in giro in carrozza a Cheapside. Non avrei mai assaggiato l'amaro pane dell'esilio. Ma la verità vera è che, cadutomi l'occhio sui soldini di lui, me ne innamorai e per quanto fosse stato il bisogno a spingermi a rubare la prima volta, non c'è dubbio che sia stata l'avarizia, da quel momento in avanti, a soccorrermi nel perfezionare la mia arte e la prostituzione non divenne altro che una "copertura" al furto dal momento che, un po' per via della passione, un po' per via dell'alcool, i miei clienti vivi erano più facili da spennare come si deve di oche morte.

Fu per colpa di un orologio d'oro che finii a Newgate. L'avevo rubato a un consigliere comunale. Lui glielo andò a dire alla mia padrona di casa. E io con lei ce l'avevo per via dell'affitto. Allora per dispetto lei andò a raccontare al magistrato la storia dell'orologio. Così, proprio come aveva detto la mia padrona in Lancashire, attraversai l'oceano, alla volta della Virginia, con una piccola differenza, che l'attraversavo a bordo di una galea. Per marchiarmi mi bruciarono la mano, come si fa con i deportati. Là venni venduta, avrei dovuto lavorare sette anni in una piantagione per scontare la pena, dopo di che, così dicevano, sarei stata di nuovo libera.

Il mio padrone mi prese in simpatia, avevo poco più di diciassette anni, così dai campi di tabacco mi trasferì alle cucine. Ma al sovraintendente la faccenda non piaceva, non gli piaceva che dimenticassi il gusto delle frustate e così mi mise in croce senza pietà con la storia che non si capiva bene perché una che aveva fatto la puttana nel Cheapside, dovesse poi far la verginella con lui in *Virginia*. Così, un giorno che il mio padrone era andato in chiesa, era una domenica mattina, e io ero sola in casa, venne a farmi visita lui, il sovraintendente, e mi ficca una mano sotto la camicetta e l'altra sotto la gonna e, che mi vada o meno, mi tocca starci. Allora io prendo un coltellaccio da cucina e gli affetto tutte e due le orecchie, prima uno, poi l'altro. Non vi sto a raccontare lo spettacolo! Neanche avessi sgozzato un maiale. Lui urla, cristona e io via di corsa, fuori in giardino, il coltello ancora in mano, che gocciola sangue da tutte le parti.

Vedendomi in quello stato, il giardiniere che stava risalendo verso casa con una cesta di verdure urla: "Sal, cos'è successo?"

"Beh! – dico io – il sovraintendente ha appena cercato di farmi la festa e allora io gli ho fatto fuori le orecchie, e gli è andata bene che non gli ho fatto fuori anche i coglioni".

Allora il giardiniere, che è una buona pasta di *Negro* e in più è uno schiavo e spesso e volentieri ha sentito anche lui il sapore della frusta del sovraintendente, non può fare a meno di ridere, però mi dice "Se è così, devi tagliare la corda, scappa nei boschi, Sal, e affida la tua sorte alla pietà dei selvaggi indiani. Perché questa è una storia che potrebbe portarti alla forca."

Mi dà il fagottino in cui tiene un boccone di cena insieme a un acciarino che aveva con sé, io me lo infilo nella tasca del grembiale e gambe in spalla, lontano dalla piantagione, ve lo garantisco io, e così aggiungo alla lista dei crimini commessi il più nefando: evasione dalla schiavitù.

Come potete ben giudicare dal viaggio a piedi che mi ero fatta dal Lancashire a Londra, sono una camminatrice non male. Così, quando fu buio e mi fermai a mangiare quel tozzo di pane e pancetta che mi aveva dato il giardiniere, tra me e la piantagione c'erano circa quindici miglia, e come se non bastasse, strade da lupi, visto che per crescerci il tabacco, il mio padrone aveva anche usato parte della foresta.

Ho un piano in mente. Camminerò fino a dove non ci

saranno possedimenti inglesi, perché ho sentito dire che su questa costa ci sono anche francesi e spagnoli e tra loro – ho pensato – farò il mestiere, tanto tra stranieri una puttana per avviare il suo piccolo commercio non ha bisogno d'altro che della sua pelle.

Dovete sapere che non avevo nessuna nozione di cosa fosse la *geografia*, dunque credevo che la *Virginia* distasse dalla *Florida* all'incirca dieci giorni di cammino, al massimo, perché sapevo che la Florida era molto lontana e non pensavo che esistessero distanze più distanti di quella. A quei tempi la vastità smisurata delle *Americhe* mi era del tutto sconosciuta. Quanto agli indiani, mi dicevo, beh! se son stata capace di tenere a bada il sovraintendente con un coltello, sarò pane per i loro denti, nel caso dovessi incontrarli, così dormivo sonni di sasso all'aperto, poi la mattina cercavo di orizzontarmi guardando il sole e andavo avanti.

Bevevo l'acqua dei torrenti e visto che era la stagione dei frutti di bosco, a colazione mangiavo un po' di bacche. La sera però mi brontolava la pancia. Allora decisi di mettermi in caccia di foraggio più sostanzioso. I boschi erano pieni di bestiole e uccelli che non conoscevo, allora mi dissi: "Ma se uso il cervello, non muoio di fame!" Presi i lacci delle scarpe, ne feci una piccola trappola in cui andò a finire una cosa piccola, marrone e pelosa, una specie di coniglio, ma non aveva le orecchie. Gli taglio la gola, lo scuoio, e lo cuocio, infilato sulla punta del coltello da cucina, su un fuoco che ho acceso con l'acciarino – benedetto quell'acciarino – che m'aveva dato il giardiniere. Dunque l'unica cosa che mi mancava era il sale. E un po' di pane.

Finita la cena, scopro che le querce sono piene di ghiande, è la stagione buona, e allora mi viene in mente che posso prendere due pietre piatte, metterci le ghiande in mezzo e macinarle, e in quel modo ecco che mi son procurata una specie di farina, come si faceva a casa, nei tempi di magra. Ci penso un po' su e mi viene in mente che potrei mischiare la mia farina con dell'acqua e farne un impasto. Poi con l'impasto potrei fare dei piccoli pani. E potrei farli cuocere nelle ceneri del fuoco e così, oltre alla carne, avrei del pane con cui mangiarla. E se il venerdì avessi voglia di pesce, come di consuetudine in Lancashire, quand'ero dalla mia Signora, allora se mi venisse voglia di pesce, beh, potrei procurarmelo con le mani, visto che nel torrente le trote abbondano e quello di agguantarle con le mani è un vecchio trucco che le ragazze di campagna conoscono benissimo e non è poi tanto diverso o più difficile che sfilare un portafoglio di tasca a qualcuno. E ancora se faccio seccare le more al sole, ho proprio la sensazione che avrò zucchero per mesi. Dopo essermi pianificata la dieta fino a questo punto, mi dico: e che? posso tranquillamente starmene nei boschi, per conto mio, almeno per un po', anche se mi tocca mangiar carne senza sale!

Tanto – mi dissi – ho fuoco e di che accendere il fuoco, il clima è mite, la terra ricca di frutti. E sarà questo paradiso terrestre a darmi di che vivere! Posso anche costruirmi un riparo fatto di rami e aspettare il momento propizio, quando della storia del sovraintendente-orecchie-penzoloni non si parlerà più e allora con tutta calma mi porterò più a sud. E, a dire proprio tutta la verità, il genere umano mi era venuta a nausea, mi usciva dagli occhi e perché mai dovevo pregustare di rimischiarmi agli uomini, magari in un qualche bordello in *Florida*? Nondimeno, proprio per mia sicurezza personale, decisi che avrei dovuto spingermi un po' oltre, più all'interno della foresta tanto per non incappare in qualche battuta di caccia che mi avrebbe rimesso il laccio. Cosa di cui avevo una paura fottuta e, lo giuro, più dell'*uomo bianco*, che conoscevo, che di quello *rosso*, che fino ad allora mi era del tutto sconosciuto.

Mi misi in viaggio dunque e camminai per un altro giorno, sopravvivendo senza problemi grazie a quello che la natura mi regalava. E poi ancora un giorno e l'unica voce era quella degli uccelli. Ma il giorno appresso fu la voce di una donna. Cantava. E nella radura la vidi. Era una donna selvaggia, di una qualche tribù, e pensai di ucciderla prima che lei uccidesse me, ma poi vidi che non portava armi e stava raccogliendo erbe che riponeva in un cesto. Allora faccio qualche passo indietro. Potrebbe magari trattarsi di un'indiana al servizio di un piantatore anche se ho la sensazione di muovermi ormai in zone dove nessun essere della mia razza abbia mai messo piede. Ma lei sente il fruscio delle foglie e mi vede e fa un balzo, neanche avesse visto un fantasma, e urta il cestino e le sue erbe finiscono a terra.

Io non ci penso su due volte e neanche fossi ancora a Cheapside e a una fruttivendola le si fosse rovesciata una cesta di mele, e io fossi corsa ad aiutarla, ecco che mi faccio avanti e le raccolgo le erbe cadute.

Lei vede il marchio che ho sulla mano e fa strani grugniti, tutto da sola, come se lei lo conoscesse il senso di quel marchio e dunque non ne avrà paura, meglio, non ha paura di me proprio per via di quel marchio. Fatto sta però che non le piaccio poi tanto. Si tira un po' indietro anche se prima si fa ridare il cestino, come se il mio posto fosse nella foresta e lì mi volesse lasciare. Lei però mi affascina. È una bella donna, non è per niente rossa, ma di uno stupendo color bronzo, e allora mi passa per la testa di aprirmi il corpetto e di farle vedere i seni, come se io potessi allattarla, anche se i seni che ho sono più bianchi. Lei potrebbe fare altrettanto e a quel punto lei allunga la mano e mi tocca il seno.

Era una donna di mezza età. Addosso aveva soltanto una pelle di daino e borbottò alla vista del corsetto che portavo – perché allora portavo ancora, per quanto assai mal ridotte, le mie *vesti* inglesi – e mi fece capire, così almeno mi parve, che le stecche di balena non fossero di moda tra gli indiani. E allora, in quattro e quattr'otto, via le stecche e tutto il resto, buttate in un cespuglio e dio, come respiro meglio! Dopo, a gesti, mi chiede di darle il coltellaccio che tengo infilato nella cintola del grembiale.

"Ci siamo!" penso, ma glielo do lo stesso e lei sorride, non troppo devo dire, perché questi selvaggi san controllare le emozioni meglio di noi e lei dice una parola che penso voglia dire "Coltello". Io la ripeto, facendo segno al coltello, ma lei fa segno di no e fa scivolare il dito sulla lama e allora ripeto con lei "Affilato". O una parola che in inglese potrebbe corrispondere più o meno alla parola "puntuto". E fu quella la prima parola del linguaggio Algonkian che pronunciai anche se – su questo non c'è dubbio – non fu l'ultima. Dopo, dal momento che ha già una certa età, ma il corpo non segnato da gravidanze, mi viene in mente la Regina Vergine di cui mi aveva raccontato e insegnato tutto la mia Signora, e allora a quel punto provo anch'io e le dico "Shalom". E puntualmente, educata, lei ripete con me, Shalom, ma è chiaro che la parola non ha per lei nessun senso.

E mi fa segno: voglio andare con lei? Allora mi viene in mente che il sovraintendente non verrà certo a cercarmi in mezzo ai *Pellerossa*! E io ci vado, all'accampamento indiano, e fu così, e in nessun altro modo, che venni "presa" dagli indiani anche se Sua Santità il Pastore la racconta diversamente, e dice che mi han presa con la violenza, contro la mia volontà, che mi ci hanno trascinata per i capelli, ma se a lui piace raccontarsela così, faccia pure.

Il villaggio era grazioso, pulito, recintato da un basso steccato o palizzata, le case fatte di corteccia di betulla erano circondate da giardini. Nei giardini c'erano vigne e zucche e nell'aria un profumo di carne che stava cuocendo, era ora di cena. Su un fuoco all'aria aperta stavano preparando quello che loro chiamano *succotash*, in un gran pentolone. Accanto al fuoco un indiano completamente nudo se ne stava accovacciato, tranquillo tranquillo, e con una ventola di quercia di betulla attizzava le fiamme. Tutt'intorno al villaggio, un fiume. Ma di animali nessuna traccia. Non c'erano mucche, né cavalli, né galline. Loro non tengono animali. Poi lei mi porta alla sua capanna, dove vive da sola, per via del lavoro che fa, mi dà dell'acqua perché mi lavi e delle foglie con cui asciugarmi, così mi sentii molto meglio.

Avevo sentito dire che l'indiano è una specie di drago umano, abituato a cibarsi della carne dei morti. Ma tutti quei graziosi bambini che giocavano nudi nella polvere con le loro piccole bambole, com'era possibile che quei cucciolotti fossero tirati su a carne umana. Cannibali? La mia "madre" indiana, è così che immediatamente la soprannominai, mi rassicurò che per quanto, a Nord, i loro cugini d'abitudine arrostissero le cosce dei prigionieri e religiosamente se ne spartissero le carni, quello non era nient'altro – come dire – che un *pranzo sacramentale*, per onorare – divorandoli – i morti. Su questo punto ho avuto frequenti e accese discussioni con Sua Santità il Pastore, sul fatto appunto che la cena Irochese non è altro che una *Messa* allo stato naturale. E Sua Santità il Pastore controbatte che: o sono vissuta troppo a lungo con Satana, tanto da abituarmi ai suoi riti, oppure la *Messa* Cattolica Papista altro non è che una festa Irochese celebrata in braghette.

Per quanto mi riguarda, per tutto il tempo che ho passato con gli indiani, non ho mangiato altro che: pesce, cacciagione o volatili, bolliti o alla brace, e poi granoturco cotto in svariati modi, meloni quand'era la stagione, fagioli e via dicendo. Hanno una dieta talmente salutare che un corpo malato lo si vede molto raramente dalle loro parti. Io personalmente non ho mai visto nessuno che avesse il delirium tremens o mal di denti o male agli occhi o che fosse piegato in due dalla vecchiaia.

Faceva caldo e sulle prime, alla vista della nudità dei selvaggi, arrossivo: di quella stagione gli uomini portavano soltanto una specie di perizoma e le donne uno straccio avvolto intorno al corpo. Ma di lì a poco non ci feci più caso e a mia madre diedi il mio sottabito in cambio di uno di daino e lei mi diede anche una collana fatta di grani, li ricavano dalle conchiglie, e lei diceva che prima che i boschi le regalassero me non aveva una figlia e allora lei era grata agli inglesi per avermi ceduta.

La sua gentilezza era sconfinata e vissi con lei, nella casupola in cui abitava, perché non aveva marito, perché lei – in verità – era la *levatrice* della tribù e tutto il tempo che aveva lo dedicava alle partorienti. Ed era proprio per preparare pozioni con cui alleviare i dolori del travaglio o quelli mestruali che stava raccogliendo erbe quel giorno quando l'avevo incontrata nei boschi.

E com'è che vivono questi cosiddetti semi-demoni? Gli uomini se la passano non male, trascorrono le loro giornate in ozio e riposo, tranne quando vanno a caccia o in guerra. Di nemici ne hanno, visto che le varie tribù sono sempre in guerra l'una con l'altra, e, come se non bastasse, anche con gli inglesi: quanto al *werowance*, è così che lo chiamano, non è il capo o il re del villaggio, anche se gli inglesi così dicono, piuttosto è l'uomo che in battaglia parte per primo dunque è in genere il più coraggioso di tutti, certo più coraggioso dei comandanti inglesi, i quali impartiscono ordini ai loro soldati dalle retrovie.

Quanto a me, sono vissuta con la mia madre indiana, nella sua casupola. Ho imparato da lei usi e costumi indiani, per esempio quello di sedere sui talloni, ginocchia piegate, quando mangiavo la carne che veniva servita su un tappeto, perché loro non hanno mobilia. Ho imparato a conciare pelli di daino, di castoro e d'altri animali e farne degli abiti, ricamati di piume e conchiglie. Nella tasca del grembiale, quando l'incontrai, avevo con me un astuccio da lavoro e mia madre ne fu entusiasta, fu entusiasta degli aghi e dell'acciarino – che fu ben felice di ricevere. Quanto al mio coltellaccio da cucina lo considerò un oggetto stupendamente utile, perché loro non sanno assolutamente lavorare il metallo, anche se le donne, con dell'argilla che raccolgono nel fiume, fanno vasellame che molto intelligentemente cuociono in un fuoco all'aria aperta, quanto agli uomini non ne vedi uno con la barba lunga perché riescono a radersi completamente e bene con rasoi fatti di pietra.

Devo ammettere che *un paio di fucili*, beh! sì, quelli li avevano, perché poco prima che arrivassi io c'era stato uno scozzese che glieli aveva dati insieme a del liquore, in cambio di pelli conciate e quanto al liquore e agli effetti che ha su di loro, ho poco da dire, tranne che li fa andar fuori di sé, i fucili, invece, avevano imparato ad usarli immediatamente.

Quando viene il tempo della mietitura, raccolgono il granoturco che è di un tipo molto piccolo, così mi pare almeno, le pannocchie *appena appena* più grandi del mio pollice, poi si scavano buche nel terreno, profonde all'incirca un paio di metri, e il grano che non viene consumato subito è messo a seccare e poi depositato in quelle buche, sotto terra. Ma il problema più grosso è scavare le buche. Non avevano infatti né zappe né vanghe tranne quelle che rubano agli inglesi e allora a turno si scava con bastoni o ossa di cervo. E su un punto solo sono in polemica con la mia tribù, che con l'*agricoltura*, questo tipo di agricoltura, che è lavoro ben pesante, gli uomini non vogliono averci nulla a che fare. Preferiscono andare a pescare giù alla baia, o a caccia di cervi, oppure si danno alla danza e a sciocchi rituali che secondo loro fanno crescere il granoturco.

Mia madre dice "Va bene così. Almeno se ne stanno *fuori dei piedi*".

Nel giro di una stagione ciarlavo allegramente in indiano, neanche quella fosse stata la mia lingua madre, per quanto non ci fosse una dico una parola ebraica in indiano e allora ho proprio il sospetto che la mia vecchia signora del Lancashire avesse preso un abbaglio: non erano la Perduta Tribù di Israele. Quanto al convertirli *all'unica, vera religione*, ero in tali e tante faccende affaccendata che non mi passò mai per la testa di farlo. Per quel che riguarda il mio *viso pallido*, quando il raccolto fu terminato ero abbronzata come tutti loro e mia madre mi tinse i capelli che erano ancora chiari con una qualche tintura scuretta, così si abituarono alla mia presenza fra di loro e nel giro di sei mesi avreste detto che quella che chiamavo mia "madre" fosse la mia vera madre e che io fossi nata e cresciuta indiana, a parte gli occhi che restavano azzurri ed erano uno splendore.

Nonostante i legami d'affetto che si erano ormai stabiliti, sarei rimasta dell'idea di continuare il mio viaggio alla volta della Florida, quando avesse fatto più freddo, tanta è la forza delle consuetudini e dell'abitudine, non fosse stato per un *valoroso* di quella tribù, su cui mi era caduto l'occhio.

Non aveva una sua donna e anche a lui era caduto l'occhio su di me, ma non ne aveva fatto parola e sembra proprio che con me voglia fare le cose *per benino*, così fu mia madre, ad un certo punto, a dirmi: "*Alto Hychory* ti vorrebbe sposare. Lo conosci, vero?". "Hychory" era il suo nome, *Alto Noce Americano* nella nostra lingua, un nome diffuso nella tribù come James o Matthew potevano esserlo in Lancashire.

E, a quel punto, piansi, perché lui era un uomo stupendo e per bene.

"Madre mia, come posso diventare la moglie di uno come lui, io che nel paese in cui sono nata ero una poco di buono?"

"Una poco di buono? – dice lei –. E cosa vuol dire?"

Allora le raccontai come sbarcavo il lunario a Cheapside. E che ero una ladra, per vocazione. Quanto al fatto che facevo la puttana lei fu assai sorpresa all'idea che gli inglesi pensassero di dover pagare quello che io avevo da vendere loro. Le indiane lo fanno gratis, oppure non lo fanno. Sul problema della mia perduta verginità si fece una gran risata e disse: "Se non fosse valsa la pena, nessuno ti avrebbe voluto". Ma è la mia propensione al furto che le dà dolore e alla fine mi dice: "Dunque, bimba mia, ti verrebbe mai in mente di rubare una ciotola o una *cintura di wampun*, o una veste dalla mia capanna e tenertela tutta per te e non restituirmela più?"

"Madre – dico io – come potrei mai fare un'azione del genere, dal momento che se ho bisogno di qualcosa, la posso usare tranquillamente e ridartela esattamente come tu hai fatto con i miei aghi e l'acciarino e il coltello. Sarebbe lo stesso con il tale e il talaltro – e faccio i nomi dei nostri vicini di casa. In più, nel villaggio non c'è assolutamente nulla che solleticherebbe la mia antica passione, l'avarizia, dal momento che, facciamo l'esempio della cena, se io ne avessi bisogno, potrei dividere quella di chiunque, qui tra noi, perché questa è la consuetudine indiana. Quindi né *desiderio*, né *bisogno*, mai farebbero di me una ladra, qui."

"Allora, se resti con gli indiani, sei una donna onesta,

checché tu ne dica o pensi e così credo tu continuerai ad essere, onesta – dice lei –. Quindi perché non sposare il nostro giovane uomo?"

Ora, dovete sapere che nel villaggio certuni, ad esempio il *generale*, e il *prete* – è così che potrei chiamarlo, visto che si occupa di religione – non hanno una sola moglie ma tre o quattro che gli coltivano i campi e a me quella storia non piaceva perché volevo essere l'unica donna con cui il mio uomo dividesse la sua capanna, poco da fare, era uno di quei ghiribizzi che avevo preso dal mio vecchio mondo e di cui non mi sapevo liberare. Lei ci pensa e ci ripensa per quanto "non sia mai stata il marito di nessuno", e a quel punto mi strizza l'occhio, sì perché lei ha un debole più per il suo sesso che per l'altro.

"Sai com'è, siamo gente troppo per bene, troppo decorosa, noi, per arrivare a sposarci, voglio dire tra amiche!" dice lei. "Più mogli ci sono, per un uomo, più compagnia c'è, per loro. Ci son più ginocchia su cui ninnare un bambino e poi, più grano si semina, meglio si vive, tutti insieme."

Io però non cedevo, volevo essere la sua *sola sposa* oppure non l'avrei sposato.

"Senti, mia cara – dice lei –. Mi vuoi bene?"

"Certo, – dico io – con tutto il cuore."

"Allora se il tuo beneamato suggerisse di sposarci tutte e due, mi vorresti meno bene di quanto me ne vuoi?"

Io a quel punto chinai la testa e evitai di rispondere. Avevo troppo paura che chiedesse al mio *beau* di sposare anche lei, insieme a me e io ero così pazza di lui che non riuscivo a credere che una donna, per quanto abitudinaria, se solo ne avesse avuto l'occasione, non l'avrebbe voluto tutto per sé. A quel punto lei mi dà una pacchetta sul sedere e strilla: "Vedi, lo vedi che cosa orrenda è la *gelosia*, vedi che la gelosia può mettere contro madre e figlia!"

Poi quando si accorge che sto piangendo per la vergogna s'acquieta e dice che tanto lei è troppo vecchia e cocciuta per pensare al matrimonio e inoltre il ragazzo è così preso di me che mi sposerà, alle mie condizioni, come si fa in Inghilterra. Perché ai loro uomini insegnano ad amare le donne che sposano, ad assecondarle tutte quante, qualsiasi sia il loro numero e se io voglio rompermi la schiena e coltivargli il suo campo di granoturco da sola, con le mie due mani e basta, sicuramente lui non ci avrebbe messo becco.

Quando venne il tempo della semina, eravamo marito e moglie. Lo si celebra, il tempo della semina, con canti e danze a non finire, anche se siamo noi, le squaw, a sudare sette camicie per piantare i semi. Poi venne l'anniversario del mio arrivo al villaggio, poi venne l'inverno e quando venne primavera ero già quasi a metà strada del mio cammino. Gli avrei dato un piccolo *valoroso*.

Mio marito fu meraviglioso, tenero, attento con me, quando il sole prese a farsi così caldo ed io ero sudata, spossata, pesante, irritabile al punto che più di una volta giurai che avrei voluto essere in Inghilterra. Ma lui ebbe una pazienza incredibile. Sempre.

A quell'epoca il generale del villaggio tenne un gran consiglio e suggerì che tutte le tribù che abitavano nella nostra parte di territorio mettessero una pietra sulle divergenze che le dividevano e si alleassero in un unico grande esercito così da respingere gli inglesi là da dove venivano, altri invece sostenevano che bisognava venire a patti con gli inglesi, e dar invece contro alle altre tribù che erano i nostri *nemici naturali* e farsi dare più fucili dagli inglesi.

Attraverso mio marito – le donne non partecipavano ai gran consigli ma d'abitudine vi facevano pervenire messaggi attraverso i mariti – attraverso mio marito, dicevo, feci sapere che ci sarebbero volute tutte le tribù, del continente intero, per cacciare gli inglesi, e in ogni caso gli inglesi se ne sarebbero andati via solo per poco, per far ritorno più tardi raddoppiati in numero, perché erano terribilmente impazienti di "seminare una colonia" con dentro gente come me e con poveri diavoli, com'ero stata io. Allora gli feci sapere che dovevano riunirsi immediatamente in un'unica confederazione di tutte le grandi tribù indiane e mai e poi mai fidarsi degli inglesi, perché gli inglesi sarebbero stati tutti dei ladri, se solo gliene fosse stata data la possibilità e io ne ero la prova vivente, io che avevo smesso di rubare solo quando non avevo più trovato nulla da rubare.

Ma non fecero caso ai miei suggerimenti e non riuscirono a mettersi d'accordo circa le tattiche da seguire, nel caso avessero deciso di dichiarare guerra, se farlo con un attacco notturno a Annestown, procedendo a quattro zampe come orsi con l'arco tra i denti; oppure beccando gli inglesi uno alla volta mentre in luoghi solitari stavano cacciando; oppure dargli addosso tutti insieme, come un esercito. E questa era la soluzione che preferivano, perché era la più onorevole, ma secondo me la peggiore perché era come andare al macello. E oltre tutto, c'era ancora qualcuno che pensava che gli inglesi fossero amici semplicemente perché erano *nemici dei loro nemici.* E finì tutto in un gran litigio e non si cavò un ragno dal buco, con tutto quel gran discutere e la cosa mi dava grande tristezza perché avevo in ventre un bambino e volevo una vita tranquilla.

Ed ero lì, in giardino, a sfruconare con il mio bastone puntuto i filari di fagioli, fino all'ultimo, quando mi si ruppero le acque e allora mi precipitai da mia madre e di lì a un'ora, più o meno perché non ci sono strumenti per misurare il tempo, eccola che ripulisce del sangue il mio piccolo appena nato.

Al mio bimbo fu dato un nome che nella nostra lingua risuonerebbe più o meno "Piccola Stella Cadente", magari a voi farà ridere, ma è un nome che è stato dato a grandi uomini. Con dei lacci lo legavamo per bene alla sua tavoletta così me lo mettevo a spalla, infilato nel suo zainetto fatto di corteccia di betulla ed io ero felice di averlo, come sarebbe stata qualsiasi altra donna. E fu così che la sorte predestinatami dalla mia vecchia signora di Lancashire si estinse definitivamente, perché il padre di mio figlio non discendeva, proprio per niente, né dalla tribù di Sem, né da quella di Cam, né da quella di Jafet, per quanto sua madre assomigliasse più a Maria Maddalena, la puttana pentita, che alla Vergine Maria, anche se Sua Santità il Pastore non ci sta a quella storia, lui è un uomo del dissenso, e non lascia che ne parli.

Purtroppo sarebbe poi risultato che la corona del piccolo più che d'oro sarebbe stata fatta di lacrime.

Dunque, visto che l'alleanza tra gli *Algonkians* era sfumata, le incursioni inglesi sui villaggi più a sud si fecero più cruente, settimana dopo settimana, ma per un po' i nostri valorosi seppero tener testa. I generali della zona ordirono un conciliabolo intorno al problema se restare e difendere i villaggi o se battere la ritirata, vale a dire se affrettarsi a raccogliere trappole, abbandonare i campi e spostarsi verso ovest, verso nuovi pascoli, dopo il raccolto che era alle soglie. Ma c'era una certa riluttanza a scegliere quest'ultima strada perché a ovest abitavano i *Rechacrians*, una tribù assai bellicosa, oltre la quale sarebbe stato ben difficile passare. Così mandarono all'avanscoperta un *drappello guerriero* per dare agli inglesi, tanto per cominciare, un assaggino della loro stessa medicina, ma io ero molto spaventata perché avevo paura che mio marito non avrebbe più fatto ritorno.

Lui si dipinge la faccia di nero e di rosso e il bimbetto piange quando lo vede e tutti insieme partono e tutti insieme ritornano, con le accette tutte macchiate di sangue e parecchi scalpi di capelli gialli. Lui li appende sul colmo del tetto, ha anche portato un bottino di pentole di rame, pallottole e polvere da sparo. E, ahimè, anche del rum.

Anche se, e lo devo ammettere, alla vista di quei ciuffoni di capelli inglesi, non provai altro che gioia per quanto i capelli avessero lo stesso colore dei miei. Ma Sua Santità il Pastore dice che sono una brava ragazza e che Dio sicuramente mi perdonerà per i peccati commessi tra gli indiani.

Quanto alla polvere da sparo, "Alto Hychory", mio marito, mi raccontò di come anni addietro, quando gli inglesi ne avevano per la prima volta data al *generale*, gli avevano anche detto, non senza sghignazzarsela di nascosto e allegramente, che avrebbe dovuto seppellirla, come fossero semi di granoturco e poi si sarebbero viste le pallottole spuntare. Da allora i Pellerossa non gliel'hanno perdonata, essere presi in giro come bambini, ché, se non gliel'avessero insegnato loro agli inglesi a piantare il granoturco, quelli sarebbero morti di fame.

Portarono con sé anche un prigioniero, legato al barile di polvere da sparo e lo stuzzicavano e gli passavano vicino le torce, come se volessero far saltare un detonatore a tempo, e poi lo piazzarono al centro del villaggio e lo malmenarono e gliene fecero di tutti i colori, sbronzi persi, perché è vero che quando avevano alcool nelle vene diventavano demoni. Questo, lo devo riconoscere.

"Ed ora, mia cara – mi dice mio marito che invece è lucido come non mai, data la sua paura fottuta della lingua che ho, tagliente come una lama – devo chiederti di parlare con le tue parole di un tempo con questo tale, perché dobbiamo sapere se i suoi connazionali hanno intenzione, prima o dopo, di ricordare le solenni promesse e i patti che un tempo si sono fatti, tra loro e noi, oppure se hanno intenzione di spedirci in bocca ai *Rechacrians*, con i quali non siamo certo in buoni rapporti, e allora sarà peggio per noi, presi tra due fuochi."

Dapprima pensai di non farlo perché l'inglese mi faceva abbastanza pena, perché gli indiani non scherzano con i prigionieri e a questo avevano fatto una festa non male, per via di tutto quell'alcool che s'erano scolati. Ma poi mi venne in mente di quando l'avevo visto, a Annestown, al molo, tutto impettito e pieno di arie quando dalle stive delle navi scaricavano i forzati in catene e non provai più nessuna pietà.

Quando lui sente che parlo inglese: "Dio sia benedetto!" urla e subito mi dice di consegnare ai bianchi le mie tribù, in nome di Dio, del Re d'Inghilterra e di un'amnistia per me, sui due piedi, quando vede che sono marchiata. Ma io gli faccio vedere il bimbotto e allora lui mi insulta con tutti gli insulti possibili, puttana tra pagani che non sono altro, allora io, per insegnargli un po' d'educazione, gli ficco in pancia il mio bastone acuminato. E lui fa un verso roco, come un uccello ferito, ma dei soldati non dice niente, né cosa vogliano fare, né dove siano. Dice solo: il seme dannato sarà estirpato da questo paese. Poi lo slegano dal barile di polvere da sparo, perché mica vogliono sciuparne neanche una briciola per colpa sua, e lo scaraventano nel fuoco. Di lì a poco era morto.

Quando gli esaminai le tasche dei pantaloni, scoprii che erano piene di soldi e i bambini ci andarono a giocare a rimbalzello, con le sue monete d'oro, giù al fiume. Ma l'orologio d'oro che aveva lo ricaricai e lo diedi a mio marito, in ricordo di quello che avevo rubato un tempo al consigliere comunale.

Benedetta ignoranza, lui mi chiede: "E questo cos'è?" E proprio in quel momento l'orologio batte le dodici, era mezzogiorno, e lui pianta un urlo, lo lascia cadere e l'orologio si rompe in due, molle e ingranaggi sparpagliati per terra e mio marito da quel disgraziato selvaggio superstizioso che era, anche se era l'uomo più bravo del mondo, mio marito, dicevo, si mise a tremare, a battere i denti e disse che l'orologio era una "medicina cattiva" e che quella storia non prometteva niente di buono e l'orologio era un augurio malefico.

E a quel punto se ne andò a prendersi una sbornia con tutti gli altri. Io allora vado a vedere le carte che l'inglese aveva nelle tasche e scopro che abbiamo fatto fuori il governatore dell'intera Virginia, allora a quel punto io glielo vado a dire piena di apprensione, ma loro ormai avevano il liquore che gli usciva dagli occhi e c'era poco da fare, non avrebbero capito una sola parola di quel che gli dicevo se prima, su quella sbornia madornale, non ci avessero dormito su. Ma il giorno seguente, avanti lo spuntar del sole, i soldati a cavallo erano tra noi.

Bruciarono i campi di granoturco maturo e appiccarono fuoco alle palizzate che bruciarono e bruciò anche la nostra capanna quando le polveri saltarono e così io vidi con i miei occhi quel massacro come se fosse giorno. A mio marito trapassarono il cervello. Lui s'era alzato e non capiva cosa stesse succedendo e appena sentiti gli scoppi io avevo cercato di farlo uscire dalla capanna, ma lui era grande e grosso e loro non lo mancarono. E dei selvaggi, sbronzi persi e addormentati, fecero una carneficina. Io presi in braccio il bambino e scappai a nascondermi nel campo di granoturco. C'era un grande spauracchio per gli uccelli, era costruito su una piattaforma rialzata da terra su quattro gambe, sopra c'era un nascondiglio, ci andai dentro e così scampai alla strage.

Ma i soldati acchiapparono mia madre mentre correva verso il fiume con i capelli in fiamme e lei mi vide mentre scappavo e urlò "Figlia ingrata che non sei altro!" perché credeva che stessi precipitandomi a consegnarmi agli inglesi per salvarmi la pelle, che non era vero, assolutamente. Poi la stuprarono e dopo la sgozzarono. Avvenne tutto in un amen e quando fu l'alba non restavano altro che ceneri, cadaveri, vedove che piangevano sui figli morti, soldati poggiati al calcio del fucile, soddisfatti del lavoro fatto la notte e dei valorosi modi con cui avevano vendicato la morte del governatore.

Il mio bimbotto scoppia in pianto. Uno dei bruti lo sente e viene verso di noi in perlustrazione, attraverso il campo bruciacchiato, arriva al nascondiglio, gli pianta dei bei colpi e lo rovescia. Così io ruzzolo fuori e vado a finire lunga distesa a terra, il bambino mi cade in braccio e si rompe la testa su una pietra, in due. Pianta un urlo terribile così disperato che persino uno senza cuore sarebbe corso ad aiutarlo. Ma il soldato mi piazza un ginocchio sul ventre e si sbottona i pantaloni. Ha deciso di stuprarmi, ma ce ne vorrebbero dieci per tenermi ferma poi tutt'a un tratto sospende i suoi schifosi smaneggiamenti, sconvolto.

"Capitano! – dice – Guardi qua. C'è una squaw con gli occhi azzurri, roba dell'altro mondo!".

M'afferra per bene i capelli e mi trascina dove il capitano dei valorosi soldati, senza batter ciglio mentre i suoi uomini fan man bassa di *wampun* e di vesti da esibire come trofei, si lava le mani coperte di sangue in un catino. Mi chiede come mi chiamo e se parlo inglese e poi tedesco e poi francese e alla fine ci prova con lo spagnolo ma io non rispondo. Dico soltanto, in lingua Algonkian: "Sono la vedova di Alto Hychory". Ma lui non capisce.

Tuttavia alla fine riescono a scoprire che è vero, non ho sangue indiano, con un trucco: uno di loro prende il bambino che sta urlando là dove l'hanno abbandonato, gli punta il coltello contro, come se con quella lama affilata volesse trapassare il mio piccolo da parte a parte.

"Fermo!" gli urlo e sono gli altri a tenermi lontano da lui, perché gli avrei potuto strappare gli occhi con le mie stesse nude mani. E come se la risero, quando la squaw con penne tra i capelli strillava con uno sbracato accento Lancashire. A quel punto il capitano nota che ho il marchio sulla mano e dice che sono un'"evasa" e dice che ci sarà una taglia sul mio capo oltre al bottino indiano. Poi mi prende in giro e mi dice che mi marchieranno la guancia, con una "E", "e" di evaso non appena arriverò a Annestown e allora a quel punto non potrò più fare la puttana, né con gli indiani né con nessun altro. L'unica cosa che però voglio io è che mi impresti il suo fazzoletto, voglio bagnarlo nell'acqua per lavare la ferita alla fronte del mio bambino e alla fine, lui sì, lui è gentile, il fazzoletto me lo dà.

Poi mi restituirono il bimbotto e io lo allattai perché aveva fame, quindi seguii i soldati perché non avevo altra scelta tanto mia madre e mio marito erano morti e io, a onor del vero, avevo il morale a pezzi. E le squaw sopravvissute, quelle che io un tempo chiamavo "sorelle", mosce mosce ci venivano dietro, perché i soldati avevano bisogno di donne e le donne avevano bisogno di pane. In quella parte del Nuovo Mondo che ora possiamo anche chiamare "il giardino meraviglioso da cui l'uomo è scomparso", non è rimasto un solo valoroso in vita. E il fiume che bagna questo paradiso terrestre trasuda sangue.

Le squaw se la presero con me. Dissero che ero stata io a portargli sfortuna e mi ripagarono delle gentilezze che loro stesse mi avevano fatto, con la crudeltà. Per quel che mi riguarda, però, il dolore che provo ora è commisto alla paura, paura solo al ricordo del sovraintendente al quale ho fatto fuori le orecchie, paura all'idea che, una volta tornata là dove esiste Giustizia, la mia storia si concluderà in una *caduta verso il basso*, penzoloni dalla forca.

Arriviamo in un posto dove c'è un piccolo agglomerato di case e dove hanno appena terminato di costruire una chiesa e "Ecco un bocconcino strappato alle grinfie di Satana" dice quello che m'aveva ucciso il marito a Sua Santità il Pastore, che m'ingiunge di ringraziare Dio per essere stata strappata ai selvaggi e chiedergli perdono per aver abbandonato la retta via. Prendendo spunto dalle sue parole, mi butto in ginocchio perché ho capito che da queste parti è di moda il pentimento e più ne faccio mostra, meglio sarà per me. Quando mi chiedono come mi chiamo, uso il nome della vecchia signora del Lancashire, che era Mary, e quel nome mi resta addosso, e tiro avanti e vivo come se ne fossi il fantasma, e a questo punto si avverano tutte le sue profezie, a parte il fatto che alla fin fine io sono "Nostra Signora dei Massacri" e mio figlio, mezzosangue, avrà il marchio di *Caino* perché la cicatrice che ha sopra l'occhio sinistro non sembra volersene andare.

La moglie di Sua Santità il Ministro sbuca dalla cucina con in mano una vecchia vestaglia e mi dice di coprirmi i seni, in nome del pudore, ma il bimbo piange e non c'è verso di farlo smettere. Tuttavia lei è gentile e anche Sua Santità il Pastore, come dimostrano a questo punto i loro stessi gesti, perché ora non lasciano che i soldati mi portino via con sé a Annestown e offrono al capitano un bel gruzzolo perché mi lasci lì, per il bene di quel povero innocente di mio figlio. Il capitano, pensa e ripensa, e allora Sua Santità il Pastore ci aggiunge un'altra ghinea, così il *valoroso soldato* a quel punto intasca l'oro e via a cavallo. Sua Santità il Pastore vuol dare al piccolo un nome biblico, come Isacco o Ismaele o qualcosa del genere. "Perché, il nome che ha non va bene?" dico. Ma lui dice "Piccola Stella Cadente non è nome da cristiano" e mio figlio deve a tutti i costi essere un cristiano battezzato se voglio che la sua anima raggiunga la congregazione delle anime beate, anche se poi, lassù, il poverello non ci troverà di certo suo padre. E i morti quand'è che resusciteranno, quand'è che saranno vendicati? Nondimeno, per quel che mi riguarda, io non lo chiamerò mai col nome che gli ha dato Sua Santità il Pastore. Né gli parlo in nessun'altra lingua, all'infuori di quella indiana, quando siamo soli, lui ed io.

Di lì a un po' ecco come viene raccontata la mia storia: che un paio d'anni addietro o forse più, gli indiani erano arrivati di soppiatto alla piantagione, su a nord, avevano ammazzato il sovraintendente e rapito una delle ragazze che erano schiave a servizio. Il giardiniere li aveva visti, mentre la trascinavano via per i capelli biondi. Tra me e me, mi vien da pensare che con quella versione i miei debiti con il giardiniere sono in pareggio e buona fortuna a lui e poi se han deciso di pensare che alla cattività sono stata costretta, io lascio che lo pensino e se loro son contenti così, tanto meglio purché mi lascino in santa pace. E in santa pace mi lasciano, perché Sua Santità il Pastore ha un unico grande desiderio, quello di salvarmi l'anima e sua moglie, visto che non ha avuto figli, vuol bene al piccolo e poi han sborsato tutti quei quattrini per sottrarmi alla giustizia. E io me la guadagno l'ospitalità, tutti i lavori pesanti sono per me, da portare l'acqua a spaccare la legna.

Raschia e spazza pavimenti, prepara la cena, poi il bucato, così è. Tanto, anche se Sua Santità il Pastore giura che loro sono venuti nel *Nuovo Mondo* per erigervi la *Città di Dio*, io continuo a fare la sguattera, come facevo in Lancashire e qui, nella *Comunità dei Santi*, opportunità di lavoro nessuna, per una puttana, nel caso avessi la forza o se non altro la voglia di riprendere il mio vecchio mestiere. In ogni modo non ci riuscirei perché gli indiani mi hanno condannata ad essere una *donna perbene*, una volta per tutte.

Di lì a poco arriva la signora e dice: "Mary, sei ancora giovane e Jabez Mather dice che vuole sposarti perché sua moglie è morta d'emorragia ma lui il bambino non lo vuole e allora lo terrò io". Ah, no, *lei* no, al mio ragazzino lei non farà mai da madre, né tantomeno io prenderò Jabez Mather per marito, né lui, né nessun altro. Io resterò qui, a piangere in riva alle acque che bagnano Babilonia.

# IL GABINETTO DEL DOTTOR EDGAR ALLAN POE

Proviamo ad immaginare Poe nella Repubblica! Lui che non ne conosce nessuna delle virtù; lui che di certo non ha il calibro di uno spartano. Ogniqualvolta alza il gomito per salutare l'austero mattino, i suoi sobri amici all'unisono, con una certa riluttanza, concordano: "Chi beve prima di far colazione è perduto." Ma dove è andata a finire la stella buia della melanconia? Altrove; non abita qui. Da queste parti è sempre mattino, e una luce severa e democratica, dalle strade lungo le quali si muoveranno pericolosi i suoi passi, spazza via le sue allucinate fantasticherie.

Chissà... forse la stella buia della melanconia stava nascosta nel fondo nero di quella caraffa, da sempre... chissà è possibile che tutto si riduca a un piccolo segreto, un segreto tra lui e la sua caraffa...

Lui si volta indietro, deve andare, vuole vedere; e la luce impietosa di un giorno ordinario lo colpisce in pieno viso, come un fulmine dall'occhio di Dio. Disfatto, vacilla. Dov'è che potrà nascondersi, dove non ci saranno ombre? Spaccano la Repubblica in due, dividono in due parti esatte la metà della conoscenza, la luce bianca illumina a giorno la metà superiore, l'altra rimane nell'ombra. Lassù, a nord, dove le latitudini livellano ogni cosa, un uomo è costretto a crearsi da solo un angolo di penombra, la sua, se vuole proteggersi dalla luce massiccia, compatta, eroica della Repubblica che non lascia spazio all'ambiguità. O sei un santo o sei un estraneo. Lui qui è un estraneo, uno straniero, un gentiluomo che è salito a nord dalla Virginia, quando la sua fortuna era non certo in ascesa e, ahimè, non gli sarà possibile chiamare in aiuto il Principe delle Tenebre (sempre un gentiluomo impeccabile) dal momento che lui viene dalla notte assoluta, perfetta antitesi a questi giorni di rettitudine, e, poi, da queste parti non esiste aristocrazia.

Sotto il peso della Dichiarazione d'Indipendenza, Poe barcolla. La gente sospetta sia ubriaco.

Effettivamente *è* ubriaco.

Principe in esilio, percorre con passo vacillante il nuovo mondo.

Dunque, secondo te, non è altro che una messa in scena? E così sia; la sua è una messa in scena. Le maniere melodrammatiche fanno parte della sua tradizione familiare. Sua madre è nata, come si dice, dietro le quinte, ha il cerone nel sangue e andò in scena, per la prima volta, l'estate del suo nono anno di vita, in uno di quei melodrammi terribili, in cui il cattivo è scacciato a suon di fischi. Si intitolava *I Misteri del Castello*. Eccola in scena con addosso gli stracci graziosi di una zingara ballerina, che canta una ballata.

Il Settecento stava per spegnersi.

In quello stesso momento, a Parigi, Francia, nelle segrete mostruose della Bastiglia, il vecchio Sade si sta masturbando. Geme, grugnisce, e ancora geme, infine viene sul pavimento della prigione... ecco! Semina denti di drago, ogni sua eiaculazione dà vita a un esercito di omuncoli armati fino ai denti, gli occhi iniettati di sangue. Tutto ormai volge al delirio.

Incurante di quanto accade, la futura madre di Poe, tra un balzo e l'altro, sale sulla scena della Repubblica Americana appena dischiusasi e canta, con addosso gli stracci graziosi di una zingara ballerina, una ballata del Vecchio Mondo. Ha la grazia di una ballerina, la voce stridula da soprano, i riccioli scuri e le guance rosate – deliziosa! Ha nello sguardo un qualcosa di innocente, qualcosa di seducente che va a toccare il pubblico dritto al cuore, in quella sala fumosa dove gli urrah in suo onore si levano rauchi e romantici, e alti e tenaci gli applausi di mani guantate.

Quella sera, nel firmamento rozzo di scenari mobili, travestimenti e luci della ribalta era nata una stella, condannata tuttavia a cadere; brillò per un attimo nel vuoto e poi riprese l'ineluttabile traiettoria della meteora, giù verso il basso. Colpì il palcoscenico e calcò le scene.

Tuttavia, più avanti negli anni, quando si era ormai lasciata l'adolescenza alle spalle, dal momento che era piccola e la sua corporatura minuta, non dovette abbandonare ruoli infantili, impersonava piccoli chiacchieroni, astuti e graziosi, di entrambi i sessi. Nondimeno era la versatilità fatta persona. Riusciva anche ad essere Ofelia.

Aveva una voce bassa, musicale, eccezionalmente dolce, una qualità meravigliosa in una donna. Quando Ofelia, ormai fuori di sé, va in giro a offrire ruta e rosmarino, e canta "Signora, è morto, non c'è più", in platea non c'è uno che riesca a trattenere le lacrime, credete a me. Ci provò anche con Giulietta e Cordelia e se era il caso riusciva persino a entrare nei panni di una soubrette indiavolata. Nonostante la nausea delle sue gravidanze che, una dopo l'altra, la provarono fino allo sfinimento, lei continuava a sorridere, e sorrideva, dio come sorrideva, e i bagliori accecanti dei suoi candidi denti!

Fuori uno, ecco il primo nato, Henry; al secondo, Edgar, toccò farsi avanti a gomitate per conquistarsi un po' di spazio per sé, sulle ginocchia di lei; doveva rubarlo ai copioni mentre la madre lo allattava mandando a memoria le battute. Tuttavia lei non perse mai un colpo, non sbagliava mai neanche quando nella stessa serata le toccava essere Ofelia oppure Giulietta e insieme, metti caso, il Birichino, il frugoletto tutto pepe della breve farsa in coda allo spettacolo, perché, di quei tempi, il pubblico si rifiutava di abbandonare il teatro quando vi era stata rappresentata una tragedia senza che gli attori si cambiassero i costumi per poi far ritorno in scena e recitare ancora: un breve atto unico, così da riportare l'allegria in platea.

Quella di Birichino era una parte in pantaloni. Lei si precipitava in camerino, si sbottonava il panciotto per estrarne un seno dolorante e gonfio di latte con cui calmava il piccolo Edgar il quale, risvegliato dalle grida di scherno e dai fischi con cui era stata acclamata l'imitazione troppo voluttuosa di un ragazzo fatta da sua madre, urlava e ululava a sua volta.

Un boccale di birra scura o di whisky stava sempre poggiato sulla toeletta. Quando Edgar non smetteva di piangere, lei inzuppava nel whisky una pezzuola di cotone ravvolta e gliela dava da succhiare.

Il padre dei suoi figli era un pessimo attore e nelle svariate compagnie in cui lei lavorò, tutt'al più gli fecero reggere un'alabarda. In genere rimaneva in camerino a occuparsi dei piccoli. Per farlo star tranquillo, David Poe versava in bocca al piccolo Edgar un bicchierotto di gin puro. Dalla bottiglia di liquore balzava fuori l'Angelo dell'Intemperanza, quell'angelo dagli occhi rossi che s'andava a rannicchiare lungo il calicò del piccolo Edgar. Nel frattempo, in scena, l'ultimo figlio ancora nell'utero cercava di saldare insieme ossa e tessuti, là sotto quel corsetto che preservava l'illusione scenica di un vitino di vespa, il vitino di Mrs Elizabeth Poe, sottile fino all'ultimissima ora, allo scoccar dell'inizio del decimo mese.

Gli applausi tiravan giù il teatro, che aveva forma d'arena. Madre amorevole quale era – non abbiamo infatti motivo per pensare il contrario – Mrs Poe usciva dallo scenario dipinto per andare a stringere tra le braccia i suoi gioielli mentre lacrime stanche le striavano il rosso alle guance e scivolavano gocciando sui volti emaciati dei bimbi. Cullati dal frastuono delle bisticciate continue dei genitori, i bambini s'addormentavano mentre il piccolo che ancora era chiuso nel grembo premeva terrorizzato piccole mani trasparenti contro rudimentali orecchie.

(Forse la sorte peggiore è proprio quella di venire alla vita.)

Nondimeno anche quest'ultimo nacque, un pomeriggio di luglio in una pensione da quattro soldi frequentata da gente di teatro, dopo un travaglio durato molte ore, su un letto d'affitto mentre ai vetri delle finestre ronzavano le mosche. Per terra, su un paglericcio, Henry e Edgar si tenevano per mano. All'ostetrica toccò usare un paio di tenaglie di ferro dai bordi taglienti, per estrarre il piccolino che sembrava non volerne sapere; per decenza avevano sollevato il lenzuolo così che dalla vita in giù Mrs Poe fosse coperta, come sotto una tenda, e i piccoli non videro nulla, tranne l'ostetrica che brandiva quello strumento mostruoso. Poi, nel silenzio esausto, udirono il grido lancinante del neonato, come il suono della lama dei pattini sulla superficie del ghiaccio, mentre tra le pinze dell'ostetrica si torceva spasmodica una piccola cosa sanguinante, sembrava un dente appena estratto.

Era una bimba.

David Poe trascorse le ore del parto di sua moglie in una bettola nei pressi, brindando alla salute del nascituro. Quando fece ritorno a casa e vide la sozzura nella stanza, vomitò.

A quel punto, sotto lo sguardo sconvolto dei figli, prese a smaterializzarsi poco per volta. A sfarsi. Perse tutt'a un tratto i contorni della figura e cominciò a vacillare leggero nell'aria. Era il tramonto. La mamma dormiva sul letto con un bocciolo fresco di carne, color della malva, poggiato in un cestino, sulla sedia accanto al letto. Fu l'inizio dell'assenza e l'aria rabbrividì.

Non disse assolutamente nulla ai ragazzini e non smise

di trasformarsi in pura evanescenza finché si dissolse del tutto lasciandosi alle spalle, unico segno nella stanza che davvero c'era stato, una pozza di vomito sul pavimento di legno scheggiato.

Non appena la moglie abbandonata riuscì a lasciare il letto, si precipitò alla volta della Virginia con i marmocchi che strillavano. Era stata ingaggiata per una tournée nel Sud e, dal momento che non aveva risparmi, era sulle sue forze che doveva contare per sfamare i figli. Se li trascinò dietro, in un baule, a Charleston; a Norfolk; poi di nuovo a Richmond

Là, a Richmond, l'estate è al suo fetido culmine.
A torso nudo, in un camerino asfittico, spreme in un bicchiere il latte dei seni doloranti; bisogna che l'ultimo sia svezzato prima che la madre muoia.

Prese a tossire. A spalmarsi sempre più fard rosso sugli zigomi ormai scarnificati. "I miei bambini! Che ne sarà di loro?" Gli occhi le luccicavano e di lì a poco incominciarono a illuminarsi di uno splendore febbrile che non era di questo mondo. In breve non ebbe più bisogno del fard. Macchie di un rosso più acceso del rosso che dava un tempo alle guance gliele coloravano ora spontaneamente mentre vene in rilievo del colore dello Stilton, blu, ma più carnose, vistose, le attraversavano flessuose, pulsando, la fronte. Ormai con addosso il gilet e i mutandoni di Birichino, le era impossibile dar vita anche solo in parte alla "sospensione dell'incredulità". Nella sua recitazione sconvolta c'era una nota di disperazione, di fatalità che affascinava e seduceva i presenti ai quali sarebbe potuto venire in mente che i lineamenti del volto di lei erano quelli della morte in persona. Il suo specchio, l'amico di ogni attrice, lo specchio magico dentro il quale lei vede la donna in cui s'è trasformata, ora non le rimanda altro che il volto della morte.

L'umido, cupo, imbronciato inverno del Sud ratificò la sua ultima quiete. Per l'addio indossò una camicia da notte, quella di Ofelia impazzita.

Quando lei gli fece cenno, il cavaliere spettrale venne a prenderla. Edgar guardò fuori della finestra e lo vide farsi avanti. Là, in strada, gli zoccoli muti dei cavalli bardati di piume nere estraevano scintille dal selciato. "Padre!" disse Edgar. Credeva che in tale estremo frangente suo padre si fosse ridato un corpo, così da condurli tutti in un mondo migliore, poi, alla luce di una luna gibbosa, guardò meglio e vide che il cocchiere aveva le orbite degli occhi piene di vermi.

Ai bambini dissero che non avrebbe più fatto ritorno, non ci sarebbero stati bis, per quanto scroscianti fossero gli applausi che acclamavano la grazia con cui aveva lasciato la scena. Patiti del teatro ne coprirono il feretro di mazzi di fiori: "Che dal suo corpo puro e incorrotto nascano viole" (lacrime a profusione). I tre orfani furono affidati all'abbraccio di protettori caritatevoli. Ognuno di loro posò l'ultimo bacio su quella sua guancia ormai fredda come il marmo e fu la separazione: Edgar da Henry, Henry dall'ultima nata che, senza muoversi o piangere, giaceva immobile con gli occhi chiusi. Quando si sarebbero incontrati di nuovo? La campana suonò a morto: mai, mai più, mai più, mai più, mai.

Il gentile Mr Allan della Virginia, il benefattore personale di Edgar, colui che da quel momento in avanti si sarebbe occupato della sua sopravvivenza, prese per mano il piccolo che gli era stato affidato e lo portò via con sé, lontano dal funerale. Edgar divise il suo cuore in due così che tra le due parti ci fosse spazio per Mr Allan. All'epoca Edgar aveva tre anni. Laggiù Mr Allan lo iniziò al benessere del Sud. Ma non si pensi che la madre avesse lasciato il piccolo Edgar a mani vuote per quanto, morta, l'attrice non fosse in grado di lasciargli null'altro se non ciò che non gli sarebbe mai potuto venire strappato. Vale a dire: pochi brandelli di memorie.

## TESTAMENTO DI ELIZABETH POE

*Articolo 1*: Nutrizione. Una mammella succhiata in un camerino, il capezzolo strappato a una piccola bocca ancora priva di denti perché era giunto per lei il momento di tornare fuori, in scena, e recitare la sua battuta. Dunque, per quanto riguarda la voce "nutrizione", l'unico ricordo che Edgar avrà sarà quello di una fame e di una sete perennemente insoddisfatte.

*Articolo 2*: Trasformazione. In questo caso si tratta di un tipo di reliquia più ambigua. Del genere... Edgar se ne sta sdraiato in uno di quei cesti in cui si raccolgono gli arredi scenici. Il cesto è pieno di abiti stupendi, di una bellezza artificiale, sono costumi da scena. Guarda la madre che si sta truccando. Le candele ai lati dello specchio ne fanno un altare profondo. Il viso di lei dai contorni incerti nuota sulla superficie dello specchio come un pesce fatato. Se solo riuscisse ad afferrarlo, realizzerebbe tutti i suoi sogni, ma la Mamma scivola tra le maglie delle reti che il desiderio le ha steso intorno, per farla prigioniera.

Trafiggeva i lobi delle orecchie con orecchini di vetro, raccoglieva alla nuca i capelli castani, poi intorno al capo legava una sciarpa di mussola sottile, stretta stretta, così che per un attimo sembrava un cadavere. E poi, ecco, la parrucca gialla. Adesso la vedi, è lei, ecco, non è più lei; prima bruna, click, subito bionda, click.

Ma la Mamma si gira, vuole che lui veda come si è trasformata. È diventata quella signora graziosa di cui nello specchio lui aveva colto una breve apparizione.

"Non mi mettere le mani addosso, mi rovini il trucco."

Poi, in un fruscio di taffetà, sparisce.

*Articolo 3*: la certezza che la donna racchiuda in sé un urlo, una cosa che deve assolutamente venir estratta dal suo corpo... questo tuttavia è un ricordo estremamente vago che riprenderà forma sotto le incerte spoglie di un terrore indicibile, totale, solo all'idea di un'unione carnale.

*Articolo 4*: consapevolezza della mortalità. Infatti, non appena ebbe dato alla luce l'ultimo nato, e forse anche prima di allora, lei cominciò, in privato, a recitare la lunga scena della morte. Poi, quando cominciò a tossire, non le fu più possibile scegliere altrimenti.

*Articolo 5*: un volto, il volto ideale di un attore tragico, il volto di lui, la pelle bianca tirata, che rinserra bianche ossa, delicate, lo stadio finale di deperimento di cui lui è meravigliosamente, lucidamente consapevole.

Tre settimane dopo che Mrs Poe morì, il teatro in cui aveva fatto la sua ultima apparizione andò completamente distrutto in un incendio provocato da un mozzicone di sigaro gettato via mezzo acceso. Era andato a posarsi nelle crepe di un pavimento di assi sconnesse. Cenere. Per quanto Mr Allan avesse spiegato a Edgar che i resti mortali di sua madre erano stati rinchiusi nella bara e sepolti, Edgar sapeva che nello specchio della toeletta di lei vivevano altre lei, tutte le donne in cui lei così di frequente si trasformava e loro erano al di sopra di quelle leggi fisiche che avevano fatto marcire la persona materiale di lei. Ma ora anche lo specchio era sparito. E con lo specchio tutte quelle madri deliziose, irreali, leggere, mutevoli. Le madri cui non ci si poteva avvicinare, sparivano tutte insieme sollevandosi, in un soffio di fumo, dalla pira di arredi scenici e di quinte dipinte.

Fu una conflagrazione da cui si levarono alte nel cielo le scintille che vi si andarono a depositare, tanto da diventare una costellazione di stelle che solo Edgar vedeva, e non sempre, solo certe calme immobili notti d'estate, quelle notti calde piene fonde mature che gli schiavi avevano portato con sé dall'Africa, quando la stagione fa fermentare la musica dell'esilio. Tempo di febbre, tempo di nostalgica disperazione. (Oh quelle notti di voluttà, un frutto proibito!) Lassù, in alto, quelle stelle invisibili disegnano il contorno di un volto chiuso nel dolore.

DELLA NATURA DELL'ILLUSIONE TEATRALE: tutto ciò che vedete è falso.

Proviamo ad esaminare l'illusione teatrale con particolare attenzione al rapporto che con essa può avere un bambino emotivo come il nostro, che all'illusione teatrale fu esposto in un'età in cui per un bimbo nulla necessariamente ha da essere reale.

Deve aver trotterellato più d'una volta, su e giù per il palcoscenico, quando il teatro era vuoto, il sipario abbassato, come in un salotto pronto perché vi avesse luogo una seduta spiritica, in attesa di quel preciso istante in cui gli occhi degli osservatori avrebbero dato vita al miracolo.

Qui, lui s'imbatterà in un fondale, per esempio, di un antico castello – un castello! come quelli che non costruiscono da queste parti. Un castello gotico, con tanto di edera e gufi. I soppalchi sono dipinti di segmenti d'alberi, solide querce o qualcosa del genere, tutto a due dimensioni. Ombre artificiali ricadono nei punti sbagliati. Nulla è davvero ciò che sembra essere. Se sbatti contro un trono d'oro o un'orrida ruota di tortura che, a vederli, si direbbero perfettamente massicci, pesanti, inamovibili, e li urti, li rovesci su un fianco, scopri che non son fatti d'altro che di papier mâché, leggeri come un piuma – così leggeri che un bambino – lui stesso – potrebbe raccoglierli e portarseli via e poi sedervici sopra e diventare un re oppure sdraiarvici sopra e soffrire.

Poi uno scricchiolio, un sinistro rumore di ferraglia, ti ghiaccia il sangue nelle vene; quando ti giri di scatto per vedere cosa ti succede alle spalle, eccolo, è proprio il castello, lassù a mezz'aria! E poi, issa! Guardalo, si sta alzando, tra le urla disarticolate, le bestemmie soffocate degli operai di scena, mentre sul palco scendono la tomba di Giulietta, o il sepolcro di Ofelia e stringendo il teschio di Yorick una insignificante comparsa entra furtiva.

Ora, puttane sboccate che ti cullano nei loro soffici grembi e ti avvicinano alle labbra boccali di acida birra scura, si radunano nelle quinte dove si trasformeranno in suore o qualcosa di simile. Al di là dello spazio, nello spazio invisibile che si apre oltre la tenda di felpa, ora s'alzano rumori di ferraglia, sedie sbattute, tonfi, rumori con cui una moltitudine importuna da cui quella tenda di felpa ti isola, segnala la propria attesa. Si tratta della moltitudine importuna che, ebbra di birra, i denti macchiati di nicotina, ha sborsato quei quattro soldi in contanti per avere accesso ai trascendenti rituali che stanno per aver luogo. Un operaio di scena ti piomba addosso, ti raccoglie, nonostante le tue proteste, e ti porta fuori, da Henry che, da bravo bambino, è già immerso in un libro di figure. Per te ci sarà una manciata di caramelle e l'angolo di un fazzoletto intinto in liquore di contrabbando e la Mamma, con corona e strascico, ti posa dolce le labbra dipinte di rosso sulla fronte prima di venir acclamata dalla folla.

Sulla fronte di lui le labbra di sua madre lasciarono il marchio di Caino.

Aveva un'età in cui era molto impressionabile quando, con i suoi stessi occhi, aveva conosciuto da vicino la natura di quel misterioso castello – quella di contenere orrori che sono pura, dipinta finzione e nondimeno terrorizzanti – nello stesso periodo fu iniziato a un altro mistero, ancora più incomprensibile del primo.

Di tanto in tanto, se era stato buono buono, poiché supplicava che glielo concedessero, gli permettevano – grande regalo – di rimanere tra le quinte a guardare. Gli occhi spalancati dallo stupore, il bimbo vedeva allora Ofelia. La vedeva morire, quando se ne presentava la necessità, ben due volte nella stessa sera. Funerali prematuri, sempre.

Un paio di forzute comparse trasportavano Mammina in scena, durante il Quarto Atto, ravvolta in un sudario e tra grandi esibizioni di dolore da parte di coloro che le erano stati vicini in vita la rovesciavano nello scantinato, ma in breve, sorpresa! Eccola lì di nuovo, alla ribalta, richiamata dagli applausi, il trucco degli occhi ritoccato, gli abiti mortuari impolverati rimessi in ordine. Eccola che fa un bell'inchino in compagnia degli altri immortali risorti. Alla fin fine, regolarmente, tutti quanti, il Principe Amleto compreso, si rivelavano non-morti quanto lei.

Dunque, come faceva il piccolo Edgar a credere davvero che lei non sarebbe mai più tornata, anche se con addosso il vestitino nero che la carità di Mr Allan gli aveva fornito, era trotterellato dietro la bara di lei, alla volta del cimitero? Non aveva dubbi. Un bel giorno, il cocchiere spettrale avrebbe fatto ritorno, sarebbe sceso di cassetta, avrebbe spalancato la porta della carrozza e lei ne sarebbe uscita, con indosso la camicia da notte bianca che portava quando la vide per l'ultima volta, anche se Edgar si augurava che nel frattempo la suddetta camicia fosse stata lavata. L'ultima volta che l'aveva vista, era coperta del sangue che lei aveva perso nell'emorragia.

Allora nel cielo notturno una costellazione trasparente sarebbe brillata un attimo per lui; gli atomi sparsi si sarebbero accorpati nella forma perfetta, intera della Mamma e lui le sarebbe corso dritto tra le braccia.

È metà mattina del diciannovesimo secolo. Edgar cresce alla luce delle nere stelle degli stati schiavisti. Si tiene ben lontano da quella parte del corpo femminile che il lenzuolo aveva nascosto. Diventa un uomo.

Non appena diventa un uomo, il benessere lo lascia. Il cuore e il portafoglio di Mr Allan che si erano aperti per lui quand'era bambino, ora si chiudono, entrambi, e lo espellono. Edgar volta i tacchi al dolce Sud. È in direzione nord che affretta i suoi passi, andrà lassù, a cercar fortuna in un paese dove la luce non lascia spazio al chiaroscuro che lui ama. Ora toccherà all'ingegno disordinato di Edgar Poe procurargli di che campare.

Il capezzolo veniva strappato dalla bocca che ne succhiava il latte e velocemente ricoperto dal corpetto; lo specchio invece dell'immagine della Mamma rimandava quella di un'illustre sconosciuta. Lui le porse la mano. In catalessi lei sorrise e uscì dalla cornice.

"Mia dolce, sorella, vita mia, mia sposa!"

La tenera età della ragazza che di lì a poco sposò non

lo turbò minimamente; non aveva forse gli stessi anni di Giulietta, appena tredici estati?

Le trecce spettacolari che le incorniciavano ombrose l'alta fronte avevano il colore del suo tragico corvo, nere come gli abiti che lui indossava. Gli abiti le cui cuciture la sua affezionata suocera ripassava con l'inchiostro, perché non segnalassero al mondo il loro stato di consunzione. Di quei tempi era costantemente vestito a lutto, pronto per il funerale a venire, una giacca nera abbottonata su fino al rigido colletto, deciso a mai tradire il lutto stretto se non con un solo bagliore, il bianco dello sparato. A volte, quando non c'era la madre di sua moglie e nessuno gli lavava e inamidava la biancheria, risparmiava sui conti della lavandaia e faceva a meno della camicia.

Ha i capelli lunghi che gli sfiorano il collo della giacca che la povertà ha consumato in quel punto. Dio, che occhi tristi. Sorride molto raramente e, quando lo fa, ha un sorriso troppo segnato dal dolore perché se ne possa gioire, un sorriso amaro, pieno di rancore tanto che è facile scambiarlo per una smorfia d'orrore. Tranne quando sorride alla giovane moglie la cui fronte è come una lapide tombale. A lei sì che sorride, sorride teneramente, una sorta di tenerezza postuma come se sulla fronte di lei, inciso, già leggesse: "*Qui giace l'amata sposa di...*".

La pelle di lei infatti era bianca come il marmo e il nome – ci credereste! – "Virginia", un nome che ben s'adattava alla nostalgia di lui, espatriato, e alla condizione di lei: la sposa bambina sarebbe rimasta vergine fino alla morte.

Provate a immaginare i due ragazzi a letto, insieme, innocenti! Quale spreco!

Perché non è forse vero che lei venne a lui vestita di una rigida corazza fatta di tabù – tabù contro lo stupro dei bimbi; tabù contro la profanazione dei cadaveri – d'altra parte, non per insistere, non è forse vero che Virginia ha sempre avuto l'aria di un cadavere ambulante? Ma un cadavere così grazioso! Graziosissimo!

E, d'altra parte, non è forse altrettanto vero che la scelta matrimoniale più felice, per un gentiluomo poco a mezzi, un uomo sulla cui esistenza le quattro mura della paranoia che l'imprigionano son sempre sul punto di sigillarsi per sempre, è precisamente quella di un cadavere? Un cadavere. Perché un cadavere è decorativo, non costa e non ha esigenze.

Virginia Clemm. Nel dialetto dell'Inghilterra del Nord, il suo cognome è sinonimo di "congelato". "Sono congelata dalla testa ai piedi". Virginia Clemm.

Quando si sposarono lei portò con sé sua madre: donna laboriosa, robusta, granitica è lei che spazza, cucina, gli tiene i conti di casa, è lei che sopravviverà, a entrambi.

Virginia non era molto intelligente; per carità non che fosse una povera ritardata mentale, come invece era stata la sorella di lui, la sua vera sorella, ormai morta, che era vissuta nella casa delle persone che l'avevano adottata, come se la vita fosse un sogno di non-esistenza. Aveva vissuto la vita di un vegetale. La vita di chi regolarmente declina qualsiasi invito, un bocciolo che non si dischiuse mai. (La stella di tutti e tre era segnata; di lì a poco morì anche il fratello Henry.) Tuttavia lenti trascorrevano gli anni e Virginia era rimasta com'era quando ne aveva tredici, un esserino dolce, piccolo, remissivo, l'unica consolazione di Edgar, una bimba che non riuscì mai a pronunciare la "esse", neppure quando prese a recitare l'interminabile ruolo di chi è sul punto di morire.

Si muoveva con la leggerezza di uno spettro. Quando attraversava il loro minuscolo giardino, sembrava che neppure un filo d'erba si piegasse sotto il suo passo. E quando parlava, quando cantava, com'era dolce la sua voce. Teneva l'arpa nel salotto del cottage che la madre spazzava e ripuliva in continuazione, a fondo, come nuovo. Là si raccoglievano piccoli gruppi di invitati che godevano dell'ospitalità modesta dei Poe. E là Edgar li intratteneva con la sua conversazione brillante per quanto le due donne facessero ben attenzione a che, data la sua ben nota orribile debolezza per l'alcool, fosse il tè l'unica bevanda offerta e d'altra parte Virginia lo serviva con tale semplice grazia da affascinare chiunque.

La supplicavano di sedersi, di prendere l'arpa e di accompagnare con quella il canto, una ballata o due del Vecchio Mondo. Eddy, felice, le faceva segno: "sì" e lei sfiorava appena le corde, con quelle sue mani bianche, con quelle sue dita lunghe e sottili, così affusolate da aver la trasparenza della cera: si aveva l'impressione di poterla trasformare, quella sua piccola mano, accendendone la punta delle dita, nella Mano fiammeggiante di Gloria, quella mano che precipita in un sonno profondo, simile alla morte, tutti coloro che abitano quella casa, fatta eccezione per il mago stesso.

Lei canta: *Freddo, amore mio, soffia stanotte il vento,*
*Con gocce sparse di pioggia.*

Poi Edgar prende un manoscritto, lo arrotola per benino, stretto stretto, ne fa un lucignolo per accendere le candele e ruba furtivo del fuoco al camino.

*È solo una donna che ho amato, una sola,*
*Ma è nella fredda terra che lei giace.*

Ora, una dopo l'altra, ne accende le punte delle dita.

*Indi, trascorsi dodici mesi e un giorno*
*La morta cominciò a parlare.*

Gli occhi le si chiudono. Nelle pupille, una fiamma.

*Chi è colui che sulla mia tomba siede*
*E non vuole che io dorma?*

Tutti dormono. Lo sguardo di lei si spegne. Anche lei dorme.

Lui ridispone i macabri candelabri. Ora la luce che la

sua gloriosa mano emana le ricade tra le gambe. Poi egli s'adopra, inquieto, a sollevarle le gonne; brillano le candele mortali. Non pensate che sia un sentimento diverso dall'amore a spingerlo a tanto; non è altro che amore.

Edgar non ha paura di nulla.

Ora un'espressione di bieca destrezza gli attraversa il volto. Dalla tasca posteriore estrae un paio di pinze enormi e strappa uno alla volta, uno dopo l'altro, i denti di lei aguzzi, proprio come aveva fatto l'ostetrica.

Il silenzio è totale. L'immobilità completa.

Nondimeno, anche quando ormai teneva alto, in trionfo, l'ultimo suo impossibile canino, al di sopra della forma prostrata e priva di sensi di lei, il suo volto si fece cinereo e spento e un'angoscia profonda, desolante lo sopraffece quando dall'esterno il frastuono cupo delle ruote gli arrivò all'orecchio. Senza che nessuno l'avesse chiamato, il cocchiere era giunto; orrido emissario del nobile congiunto di lei urlò imperioso: "Ouverture e esordienti, avanti prego!" Plopp! lei gli strappò il ciuccio di stoffa imbevuto d'alcool che teneva fra le labbra; e, in un sibilo di seta, uscì maestosamente di scena.

Quando furono svegli, quelli che avevano dormito gli dissero che era ubriaco. La sua piccola Virginia tuttavia non respirava più!

Una mattina, dopo una colazione a base di salmone rosso, all'improvviso, mentre davanti allo specchio faceva toeletta, decise di radersi i baffi così da diventare un uomo diverso, così da non essere più riconosciuto da quei fantasmi che lo tormentavano e lo perseguitavano senza dargli un attimo di tregua, da quando sua moglie era morta. Tuttavia, quando si fu del tutto rasato, una stella nera s'alzò nello specchio e lui s'accorse che i suoi lunghi capelli e il viso segnato dal dolore a tal punto avevano preso ad assomigliare a quelli della sua amata, ormai persa, da lasciarlo esterrefatto, di sasso. In mano teneva il rasoio tagliagole.

Poi, mentre se ne stava lì immobile, a fissare affascinato e inorridito quei lineamenti che gli appartenevano ma non erano ormai i suoi, lo scrigno ossuto del cranio prese a scuotersi convulso, come se fosse ormai preda di un irrefrenabile attacco di sussulti epilettici.

Buonanotte, dolce principe.

Tremava come la tela leggera di un fondale che l'oblio stesse per travolgere lontano dal ricordo.

Luci! ordinò.

Poi prese a vacillare; orrore! *Cominciava a dissolversi*!

Luci! ancora luci! urlò come l'eroe di una tragedia giacobina quando ha inizio il massacro. La stella nera stava ormai per ingoiarlo nel baratro del buio.

Battuta finale: la luce laser della Repubblica lo fa saltare in aria.

Nel vento si disperde ciò che di lui resta: polvere.

# OUVERTURE E ACCOMPAGNAMENTO MUSICALE
# PER
# “SOGNO DI UNA NOTTE DI MEZZA ESTATE”

"Chiamatemi Hermit" [illegible]

Nel deserto [illegible] del Nord [illegible] alla luce [illegible] Hermit [illegible]

[illegible]

[illegible]

"Chiamatemi Hermy. Hermy Tutto Oro."

Nelle deserte e aspre lande del Sud mia madre mi diede alla luce. Ma, come dice zia Titania, "essendo lei mortale, dando alla luce il bimbo morì". Il bimbo. Beh, viste le circostanze chiamandomi bimbo, per quanto zia Titania forzi leggermente la storia, in altre parole mi censuri, mi faccia apparire inequivocabilmente maschio, così da togliere dalle grane il regista che non sa che parte darmi. "Ragazzo" infatti non è di per sé sbagliato. Fino a un certo punto, perché non basta. Né tanto meno il dolce Sud è paese di deserte e aspre lande, proprio per niente! È una terra bellissima, ricca di limoni, che si stende copiosa ben oltre i confini concepibili dalla vostra inebetita, eurocentrica, immaginazione. Progenie del sole dunque son io, e delle brezze che, ricche d'umori come i frutti di mango, accarezzano mitopoietiche la costa di Caramandel, laggiù, lontano, lungo le rive di porfido e lapislazzuli dell'Oceano Indiano, dove i colori sono luminosi, i contorni precisi, come se le superfici fossero state laccate a smalto.

Dunque, zia Titania. Non si tratta di una vera zia, questo va premesso, perché non esistono legami di sangue o nodi e cordoni ombelicali che leghino le nostre rispettive esistenze. Piuttosto era la più grande amica di mia madre che, prima della sua dipartita, mi affidò a lei. Dunque io l'ho sempre chiamata "zietta".

Titania dunque. Titania, quell'essere stupendamente grasso, vistoso, biondo e rosa. La zia Memsahib, è così che la chiamo io. Zia Titania. Tettona. Tet-tet-tania (perché sono le tette la prima cosa che di lei si noti, grandi come palloni aerostatici di sbarramento). Zia tettona dunque mi impacchettò dentro a un baule che aveva comperato in un magazzino di rifornimento per l'esercito, etichettato "Da portarsi in viaggio" (sì, proprio così) e mi ha spedito qui.

Qui! a – Eccì! – farmi morire di raffreddore e di freddo in questo bosco bastardo, che cola acqua in continuazione. Pioggia, pioggia, pioggia, pioggia, pioggia!

"Giugno, il mese dei colori di fiamma" mormorano sarcastiche le fate, con quella loro piccola aria imbronciata, povere care, le minuscole ali zuppe di acqua incollate alla schiena, così intrise di pioggia da riuscire a malapena a decollare ed eccole lì, loro, figlie dell'aria mentre colano a picco in uno scroscio di pioggia che scende a dirotto, e schiantano al suolo, in uno squittio che stringe il cuore, in mezzo alle felci aquiline imbrattate di fango. "Mai visto un tempo del genere" si lamentano le fate, al riparo tra i cespugli di rose che, nonostante l'inclemenza del tempo, fan bella mostra di un'assai coraggiosa fioritura, coraggiosa per quanto appena timidamente sfumata del color dei pastelli, mentre dai petali che s'allargano orizzontali come minuscoli piatti, le pallide rose canine traboccano della pioggia che, goccia dopo goccia, vi si è andata raccogliendo. E i cespugli rabbrividiscono per l'eco di decine e decine di piccoli, minuscoli starnuti, perché le fate hanno corpi piccolissimi e dove lo possono tenere un fazzoletto? E tutte quante si sono prese il raffreddore. Come me. Un raffreddore tremendo.

Nei miei aristocratici, raffinati natali, ingioiellati di pietre color verde pavone, non c'è nulla che mi abbia preparato a questa estate inglese. Grigia e bagnata. Un incubo di mezza estate, lo chiamo io. I venti incessanti e violenti hanno strappato le membra alle querce più maestose, hanno abbattuto del tutto gli olmi più vacillanti che ora giacciono bocconi, come ubriachi collassati a terra, disordinatamente riversi, buttati sui cerchi verdi che le fate avevano con le loro danze disegnato nell'erba e che la pioggia ha divelto. Tuoni, fulmini e, la notte, stelle incandescenti che precipitano sibilando e bombardano il bosco... nulla di temperato nel tuo temperato clima, mia cara, dico brusco a zia Titania, ma lei dà la colpa a zio Oberon. Dice che quando è risentito tuona e quando si masturba fa piovere e si direbbe che si dedichi a quest'attività quasi in continuazione pensando, mentre lo fa, a me. Non ho dubbi. A ME!

Perché Oberon dall'ira è quasi pazzo
perché lei, come paggio, ha un bel ragazzo
che a un principe dell'India fu rapito,
ed è il suo più soave favorito.
Questi, il geloso re vorrebbe avere!

Visto? Ancora una volta "ragazzo" e la definizione che non ha nulla a che vedere con la verità. Informazione distorta. È la versione patriarcale. Non c'è re che c'entri nella storia. Il tutto avvenne tra mia madre e mia zia, non andò forse così?

E poi, si rapiscono i bambini? Si danno? Si prendono? Si vendono per farne schiavi, cristo? Sarebbe dire che le bionde fate inglesi altro non sono che agenti del protocolonialismo?

A tutto questo, al fine di mantenere vergine la mia complicata integrità, io contrappongo una facciata di opposizione passiva. Io sono qui. Sono.

Sono Hermy, abbreviazione di *hermaphrodite verus*: un testicolo, un'ovaia, metà dell'uno, metà dell'altro, ma del tutto perfetto, e insieme molto di più, ma molto di più, della somma delle due parti. E l'appendice che qui vedete, elegantemente retrattile..., *non* è il famoso tribale clitoride, sviluppatosi oltre misura, bensì l'originale, l'autentico tessuto erettile con scopi riproduttivi. Quanto alla fessura che si apre immediatamente al di sotto, labbra di velluto che si chiudono e aprono deliziose, ve lo garantisco io, si tratta del vitale viale d'ingresso, quello dell'altro genere. Ecco dunque com'è la storia.

Prego signori, guardino bene. Non son certo uno che si vergogni io. Visto che roba?

E mi chiamo Hermy Tutto Oro, perché sono coperto d'oro dalla testa ai piedi. Quando sono nato, cherubini dalle dimensioni incredibilmente piccole riempirono giocosi guance e polmoni per soffiare e soffiare, sulle mie membra infantili, lamine sottilissime d'oro battuto, che s'andarono a fissare sul mio corpo e non se ne staccarono più. Guardate come brillo!

Ed eccomi qua, sotto lo sgocciolio incessante degli alberi, i piedi nell'erba alta, madida, fradicia, tra sciatte margherite canine e ranuncoli, come candelabri a più braccia, cui la violenza della pioggia ha strappato i petali d'oro per lasciarne completamente nudi i verdi capi bitorzoluti. E il fottuto geranio dei boschi. E le ortiche pungenti, le fisalie silvestri che m'han rifilato tante di quelle scosse quando per la prima volta mi ci sono imbattuto! E ancora i fior di pisello e il seme di mostarda e quella congerie sterminata e a me ignota di erbe e malerbe, e tutti quei colori desolati, slavati, quei rosa e quei gialli, e gli azzurro Cambridge. Noia mortale. Alla radice degli alberi, nei punti di sostegno del tronco, fradici e floreali come un giornale di William Morris buttato in una casa disabitata, io – per conservare intatto il mio equilibrio fisico e psichico – assumo la posizione yoga nota come quella dell'Albero, vale a dire su una sola gamba, e medito.

Poiché io sono colui che insieme porta la freccia e il bersaglio, la ferita e l'arco, il cucchiaio e la scodella di porridge, reggo nella mano sinistra il fiore del loto, che ormai, per via dell'usura, ha l'aria un poco malconcia. Intorno all'altro braccio mi s'attorciglia il serpente.

Sono d'oro, sono completamente nudo, sono bipartito.

Sul mio volto splendido d'oro, un'espressione arcaica, immobile. Tranne quando –

ECCÌ!

Al diavolo questi plebei, accidentali raffreddori da virus!

ECCÌ!

Nel bosco verdeggiante eccolo, Hermy Tutto Oro.

Va da sé che il bosco non ha nulla a che vedere neppure con i paraggi di Atene. Il copione è un vero e proprio labirinto di indicazioni fuorvianti. Nella realtà il bosco è situato in un qualche punto dell'Inghilterra centrale, probabilmente dalle parti di Bletchley, dove era stata sistemata la grande macchina decodificatrice. Pardon: il nostro bosco era situato nelle terre dell'Inghilterra centrale fino a quando querce, frassini e roveti furono rasi al suolo un po' di anni orsono così da lasciar posto a un'autostrada. Nondimeno, poiché il bosco esisteva unicamente quale struttura dell'immaginazione in prima istanza, continuerà ad esistere, in seconda istanza, quale linea limite, verde e decorativa, dell'eternità che il poeta ha promesso a se stesso. Il poeta inglese; il suo è, in ultima analisi, un bosco inglese. È il bosco inglese. Punto.

Il bosco inglese non ha nulla a che vedere con la foresta fonda e negromantica al cui interno ha inizio e fine l'immaginazione dei paesi del nord. La foresta abitata da streghe e da morti, la foresta in cui Baba-yaga, con piedi come zampe di gallina, s'aggira furtiva nella casa alla ricerca di bimbi, per divorarli. No. Non è così. C'è una differenza non quantitativa, bensì qualitativa tra il nostro bosco e la loro foresta. E la differenza non ha nulla a che vedere con il numero di alberi, o l'estensione del terreno, inferiori nel caso del bosco. Quest'ultima non è altro che una delle cause della differenza che tuttavia non spiega gli effetti della differenza.

Per esempio, per quanto meraviglioso, per quanto metaforico, un bosco inglese non può, per definizione, essere privo di sentieri, per quanto intricato e labirintico possa, nella realtà, essere. Nondimeno in un labirinto esiste sempre una via d'uscita. Anche se per un po' non la trovi, sai che c'è. Un labirinto è sempre un prodotto della mente umana e le assomiglia. Quando ti perdi in un bosco, ricordatelo e l'analogia ti darà coraggio. Ma perdersi in una foresta equivale a perdersi in *questo* mondo, vuol dire essere stati abbandonati dalla luce, vuol dire perdere se stessi, senza possibilità di ritorno, senza la garanzia di essere in grado di ritrovarti o di venir ritrovato, vuol dire essere destinato, contro la tua stessa volontà – o, peggio, contro il tuo stesso desiderio – a una lontananza, un'assenza infinita dall'umanità, una catastrofe esistenziale, perché la foresta è infinitamente sconfinata come il cuore dell'uomo.

Ma il bosco no. Il bosco ha un confine, un termine. Uno ci si perde apposta. Per il gusto di percorrerlo, attraversarlo e vagolarvi dentro. Per il gusto di quella perdita temporanea del senso di direzione che è parte del gioco della vacanza da cui farai ritorno a casa, pieno di nuove energie, le tasche ricolme di nocciole, le braccia di fiori di campo e, infilata nel berretto, la lunga penna che un uccello ha perso in volo. Quella foresta è abitata da fantasmi. Questo bosco è incantato.

I pericoli reali di un bosco, nient'altro che una sequela di sussidi audio-visivi funzionali ad un'assai gradevole titillazione di una paura quasi impercettible: il crepitio improvviso di un fagiano che s'alza in volo, il tonfo vellutato di un gufo, il rosso sguisciare di una volpe – certo possono "prenderti di soprassalto", ma da queste parti non c'è folletto né orrido demonio che possano atterrirti, e toglierti il fiato dalla paura perché in Inghilterra spiriti e spiritelli villani altro non riflettono se non una fede secolare che l'uomo ha nell'incapacità della natura di fare del male, e questo ha a che vedere con i vantaggi che un clima temperato comporta. (L'hai capito Hermy? Nessuna tigre – da queste parti – che illumini ardente la notte, nessun pitone coperto di scaglie, nessuno scorpione dalla rude armatura!) Da quando è stato ucciso l'ultimo lupo d'Inghilterra, non c'è nulla di selvaggio che tra questi alberi possa incuterti terrore. Colori morbidi nella luce che filtra tra gli alberi, mentre Robin dei Boschi, lo spirito della fertilità, fa capolino nel verde dell'ombra. Questo è un bosco cortese con gli amanti.

Certo, un bosco. Lo si può anche chiamare il parco giochi del villaggio, un giardino volutamente selvaggio; un giardino selvaggio quanto le "selvagge lande" di cui parla Bacone, dove i rospi portano sul capo diademi di gemme preziose, dove i fiori hanno un nome, dove nulla è sconosciuto – uno spazio selvaggio che non implica mai alterità rispetto al sé.

E poi c'è sempre qualcosa di cui nutrirsi! È il negozio di frutta e verdura di Madre Natura: la zuppa sarà di acetosa, funghi, dente di leone e centonchia – ed ecco pronta l'insalata, condita di mentuccia e timo, e ancora fragoline di bosco e mirtilli e, d'autunno, una gran quantità di noci e nocciole. In un bosco inglese a Nebuchadnezzar non sarebbe mai toccata la sorte di limitare il proprio appetito all'erba.

Il bosco inglese ci offre uno scorcio di un mondo verdeggiante, non ancora segnato dalla colpa, un modo un poco più vicino al Paradiso di quanto lo si sia noi.

È così che è fatto il bosco inglese, quello in cui incontriamo fate familiari, fiancés goffacchioni, rudimentali meccanismi. Questo è l'autentico bosco shakespeariano – ma non è il bosco dei tempi di Shakespeare, un bosco che non sapeva appunto di esserlo, shakespeariano, e quindi non sentiva assolutamente il bisogno di mantenere la facciata. No. Il bosco che son venuta descrivendo è il bosco che la nostalgia ottocentesca ha creato, disinfettato e ben ripulito degli esseri seriosi, ripugnanti, primordiali di cui la superstizione di epoche più remote li popolava. Meglio, è il bosco di cui quella nostalgia ha snaturato, castrato le creature che l'abitavano fino a farne esattamente la copia di quel popolo di gnomi ritratti nelle foto che mandarono in estasi Conan Doyle. È il bosco di Mendelssohn.

"Signori e Signore, prego entrino, questo è il bosco incantato..." chi poteva mai resistere alla magia di un simile invito?

Tuttavia, a onor del vero, i vittoriani, uscendo da quei boschi, non li lasciarono certo nello stato in cui avrebbero desiderato trovarli.

Il fascino che Puck, il folletto, sentiva per il nostro esotico visitatore, era una vera e propria ossessione. Sotto un certo punto di vista si trattava dell'attrazione degli opposti. Infatti laddove Hermy Tutto Oro aveva una pelle stupendamente, meravigliosamente, incredibilmente liscia, Puck era coperto di peli. Di quei tempi, in quelle gelide notti di giugno, ravvolto nella sua pelliccia di peli, Puck era l'unico – tra tutti – a non patire il freddo. Peloso. Ispido. Soprattutto nella zona delle cosce (e, ehm! anche i palmi delle mani, naturalmente, lo erano).

Quando è nudo è irsuto come un pony Shetland. A volte cammina a quattro zampe. E quando lo fa, nitrisce. Oppure abbaia.

Puck è il villano, il demonio zoticone. A volte gioca a fare lo spiritello di casa, color delle nocciole, lo spiritello cui viene lasciata una ciotola di latte sull'uscio e, nel caso ci si voglia liberare di lui, un paio di pantaloni. Lui li considera un insulto ai suoi organi genitali di cui va fierissimo. Ecco, guardategli i testicoli, rugosi come nespole mature, incastonati tra i riccioli folti del pube, da cui provengono succulenti glassati bagliori, gli stessi che illuminano le sculture lignee di Grinling Gibbons.

Puck adora fare scherzi e giochi di prestigio, adora fare il gioco del cucù! Ha parenti in tutto il mondo: in Islanda, il *puki*; nel Devonshire, il *pixy*; lo spettro *spook* nei Paesi Bassi – fan tutti parte della stessa razza, tutti pronti a combinarne qualcuna. Diavolo di un Puck!

Gli esserini teneri e fragili che si stringono intorno alla Regina delle Fate non vogliono mai giocare con Puck perché è un maschiaccio, e quando giocano all'acchiappino strappa loro le ali dipinte e ai moscerini grigi che trasportano nell'aria il minuscolo cocchio di Titania, spezza le zampette irreali. Bacia le ragazze e poi le fa piangere. S'insinua e si dondola, passando da uno all'altro, tra gli steli itifallici color pulce della digitale che sovrastano il letto di Titania. E il risultato è che le gocce di pioggia ricadono disordinatamente su di lei, una sorta di doccia completa, ed ecco che Titania si sveglia. Irriverente d'un Puck!

E non è che lui sia più polimorfamente perverso di tutti gli altri, della banda di sotto-microscopici pippoli suoi pari, nondimeno c'è un alcunché di particolarmente rancido, sgraziato, offensivo in tutta la sua storia di sodomia, ninfofilia, strusciofilia, scopofilia ecc. ecc. – devo dire che *arrossirebbe* persino il foglio su cui sto scrivendo, di quel rosso arancio delle buste commerciali di una volta, se solo provassi a scriverci sopra a chiare lettere di certe pratiche che soltanto Puck arriva al punto di concepire e in cui solo lui è capace di esercitarsi, laggiù tra i canneti, lungo il fiume. D'altra parte Puck è parente alla lontana del grande pessimo dio Pan e, quando gli gira, si comporta in modo assai poco consueto per un bosco inglese, anche se assai molto usuale per un liceo inglese d'alto bordo.

Per quanto concerne il suo orientamento fallico, lo sappiamo tutti. Puck è una creatura di Oberon.

Il peloso Puck si innamorò di Hermy Tutto Oro e fece frequenti incursioni nella radura rischiarata dalla luce della luna. Girava e saltellava intorno alla deliziosa statua vivente, anche se – per fortuna di Hermy – non gli si poteva avvicinare al punto di toccarlo perché Titania, previdente, aveva circondato il suo adorato tesoro adottivo di un magico *cordon sanitaire*, tanto che l'essere era per così dire protetto da un invisibile involucro di vetro, esattamente come, qualche secolo dopo, lo si sarebbe potuto trovare al Victoria and Albert Museum. E Puck il più delle volte si spiccicava con quel suo naso già rincagnato, schiacciandoselo ancora di più, contro la trasparente e intangibile barriera.

Hermy spostava il piede sinistro che teneva ripiegato all'inguine, quel suo protettivo nido, e poi lo poggiava sul terreno. Ed eccola/lo che, con un solo morbido ininterrotto aggraziato movimento, ha spostato l'equilibrio sull'altra gamba. Non passava invece da un braccio all'altro il loto e il serpente. L'uno restava dov'era, da una parte, l'altro dall'altra.

Puck, incollato alla magia di Titania, sospirava profondo. Faceva qualche passo indietro e cominciava a masturbarsi con grande impegno.

Voi l'avete mai visto lo sperma di un folletto? Noi mortali gli diamo un nome, lo chiamiamo sputo di cuculo.

E nessun terrigno essere mortale che si fosse trovato a passare di lì, a calpestare con lunghi piedi e passi pesanti i sentieri che attraversano il bosco, a sparpagliare le piccole fate che affamate pigolano come pipistrelli terrorizzati, bene, nessun essere mortale di tal fatta riuscirebbe mai a scorgere quelle piccole fate. Dunque neppure riuscirebbe ad individuare l'impavido Hermy che se ne sta lì, inamovibile, immobile, tutto d'un pezzo come fosse in catalessi.

Ma *nel caso* ti fosse possibile individuarlo/la ti verrebbe da pensare, chissà, che il minuscolo idolo giallo altro non sia che un talismano, caduto di tasca a uno zingaro. Oppure un portafortuna staccatosi dal braccialetto di una fanciulla. Oppure ancora la sorpresa saltata fuori da un'assai costosa finta caramella, di quelle che scoppiano quando le si scarta.

Tuttavia, raccogliendo il piccolo stupendo oggetto e tenendolo nel palmo della mano, ne sentiresti il calore come se qualcun altro l'avesse tenuto stretto proprio prima di te e l'avesse appena posato a terra.

E ancora, se a lungo lo guardassi, ne vedresti i lustrini d'oro delle palpebre muoversi.

Ma a quel punto s'alzerebbe un vento misterioso. Un vento magico che porterebbe via con sé l'intero bosco e insieme tutto ciò che in quel bosco si cela.

Esattamente come l'ombra che noi proiettiamo può ingigantire e poi rimpicciolirsi fino quasi a sparire, per poi di nuovo dilatarsi, così fan *queste* ombre, bolle incorporee della terra, "esseri" ai quali il verbo "essere" non s'addice letteralmente visto che, nel senso in cui l'intendiamo noi, non esistono. *Non possono* essere. Non possiedono infatti un'ombra, perché chi ha mai visto un'ombra gettare un'ombra? Sulla loro esistenza sussistono, necessariamente, seri dubbi – perché, *tu credi* forse nelle fate? Come per gioco, le loro vite si svolgono ai margini dello sguardo di chi le osserva. Dunque c'è la possibilità che siano, sempre, nient'altro che giochi di luce... e la luce è un essere così parziale, così privo di riconoscimento pubblico, da non poter conferire loro nessuna consistenza visiva. Dunque possono assumere le forme che meglio aggrada loro.

Puck ha la capacità di trasformarsi in ciò che gli pare: un trespolo a tre gambe, così da mettere in atto il ben noto trucco ("Di sotto ecco le sfuggo, lei casca di botto"), trucco molto diffuso tra gli esemplari bassi di scuola media, quando si legge ad alta voce la commedia, a turno, in classe perché è adatta ai ragazzini, tanto parla di fate! Si può trasformare anche in una utilitaria Fiat. In un pianoforte a coda. In qualsiasi cosa.

Tranne che nell'amante di Hermy Tutto Oro.

Un giorno, visto che era libero dalle svariate incombenze e commissioni che il suo Signore Oberon gli affidava – avendo un po' di tempo libero – Puck s'attardò pieno di desiderio davanti al cerchio magico di Hermy come un ragazzino di strada davanti alla vetrina di una confetteria. Quel giorno decise che nell'eventualità fosse abbattuta la barriera che li divideva, così da riuscir a sfruttare fino in fondo i vantaggi sessuali offerti da Hermy – e per quanto assai remota fosse tale eventualità, il suo motto era "Sii pronto!" – nell'ipotesi appunto che davvero prendesse corpo un incontro sessuale tra lui e Hermy Tutto Oro, beh! allora, in quel caso, era d'obbligo che l'equipaggiamento sessuale del partner di Hermy fosse all'altezza del suo, in modo che l'unione desse risultati ad altissimo livello.

Dopodiché Puck decise che l'equipaggiamento sessuale di un ipotetico partner doveva anche assolutamente essere unito al corpo in *ordine rovesciato* rispetto a quello di Hermy. Solo così si sarebbero incastrati perfettamente l'uno all'altro, evitando spiacevoli goffaggini. Puck che con occhi inquisitivi spiava senza cessa le coppie di esseri mortali che erroneamente scambiavano per *privacy*, così almeno credevano, la famosa posizione bestia con due schiene, aveva notato l'esistenza di una *vexata quaestio* intorno al problema dei palpeggiamenti erotici.

Onde per cui agli amanti mancini erano indispensabili amanti che non lo fossero, durante le fasi preparatorie dell'atto. Il problema era che Madre Natura, quando aveva modellato lo stampo dell'uomo, non aveva preso in considerazione le schermaglie preliminari di rito, che sono poi ciò che davvero ci distingue dagli animali nel momento in cui lo siamo. Animali appunto.

Prova e riprova, ce la mette tutta e ancora ci prova, senza riuscirci davvero anche se, dopo sforzi infiniti, Puck riesce, alla fine, a trasformarsi in un simulacro perfetto di Hermy e di tanto in tanto ne adotta le sembianze e la posizione. Gli si piazza di fronte, nel bosco. Specchio vivente della statua vivente, a parte l'erezione mostruosa che Puck, noto erotosatiromane, non può assolutamente controllare in presenza del suo amore.

Imperscrutabile, Hermy continua a sorridere, tranne quando starnutisce.

Nondimeno tutti, indistintamente, possono diventare GROSSI! E poi rimpicciolirsi di nuovo... fino a diventare un puntino, anche meno. Sono, dal primo all'ultimo – per quanto incorporei – estremamente elastici. Esaminiamo, ad esempio, la Regina delle Fate.

Come il suo nome stesso dice, Titania "discende" dalla gigantesca razza dei Titani; mai verbo fu più appropriato – in prima istanza – per descrivere il suo progressivo discendente rimpicciolimento allorquando "declinandosi" Titania assume le sembianze e lo pseudonimo di Mab o, nel Galles, di Mabh, e governa su altri "diminutivi" minuscoli esseri, quando è lei stessa ad avere le dimensioni di un solitario, la pietra preziosa in un anello di fidanzamento, infinitamente piccola, piccola quanto i suoi antenati erano infinitamente grandi.

"Ed ora chiameremo il mio cornuto signore, la Cornucopia, quanto alla mia signora" – dichiarò Puck, nella sua inimitabile cadenza Worcestershire.

Come un fiore di carta giapponese lasciato cadere in un bicchiere d'acqua, Titania s'espande...

Nel bosco, al luccichio metallico della rugiada che la luna riveste d'una luce surreale, tra ciangottii e ruzzolii, i piccoli dell'asilo delle fate inciampano nell'orlo del vestito di lei. E il vestito è né più largo né più stretto dei margini del bosco stesso. Incespicano nei viluppi d'erba, mentre giocano con i conigli, con gli alacri volpacchiotti marroni, con i topi di campagna color della ruggine e le bricioline di grigi topi d'acqua e la vellutata talpa cieca e il tasso striato, dal muso inquisitore – tutti gli abitanti del regno dei boschi sono i ricami che orlano la veste di lei, mentre gli uccelli le svolazzano intorno al capo, le si posano sulle spalle, costruiscono i nidi nella massa dei suoi capelli selvaggi ai quali si intrecciano papaveri e spighe di grano.

Nessuna fanfara di trombe annuncia l'arrivo della Regina bensì la ninna-nanna impalpabile dei colombi selvatici e i gorgheggii dalla musicalità liquida dei merli.

Sui suoi seni nudi la luce della luna scivola lattea.

Titania è come un letto matrimoniale. O una tavola imbandita per una colazione di nozze. O una clinica in cui si curi la sterilità.

Negli occhi ha bambini. Quando ti guarda, è più forte di te, ti riproduci. Basta il suo sguardo, e la vita è concepita.

Pardon: la vita veniva un tempo concepita.

Ma *non* quest'anno. Il gelo ha scoppiato i boccioli dei fiori, la pioggia marcito il grano e la ghirlanda che lei porta tra i capelli non è d'oro, ma verdastra. Fosforescente d'ossido. Lo sclerozio della segale cornuta ha invaso maligno i campi perciò il pane, quest'anno, manderà di matto chi lo mangerà. Le alluvioni hanno spazzato via il Ponte di Ware. Gli animali si ostinano a non accoppiarsi. La mucca rifiuta il toro e se ne sta per conto suo. Persino le capre, fino a oggi sinonimo di lussuria, stanno sulle loro, a letto con un bel libro. E i vermi, sì, i vermi han smesso di muovere il terriccio con i loro complessi, ondeggianti amplessi. Una quiete casta, conventuale regna sul bosco. Ovunque. Come se il tempo di merda avesse fatto passare la voglia a tutti.

Stupenda, gigantesca, Titania fece la sua apparizione. Un gufo sulla spalla e la veste rimboccata, ricolma di rose e bimbetti, talmente rosei questi ultimi, da distinguerli appena dai fiori. Raccolse il figlio dell'amica scomparsa, Hermy. Hermy se ne stava in piedi, sul palmo di Titania e sorrideva. Sorrideva quel suo sorriso imperscrutabile, anche se leggermente maniacale, il sorriso che han le statuette nella scultura erotica indù.

"Mio marito non ti avrà!" urlò Titania. "Mai! Ti terrò *io* con me!"

E a quel punto, con un frastuono assordante, il cielo, che per un attimo s'era richiuso, si rispalancò con furia raddoppiata e i piccoli che le stavano in grembo tossirono infradiciti e starnutirono. Nei boccioli delle rose, i vermi si risvegliarono per il gran fracasso e cominciarono a rosicchiare il cuore del fiore.

Ma la Regina mise al riparo il piccolo Hermy, al sicuro tra i suoi seni come se lui/lei fosse un medaglione. Poi prese a rimpicciolire sempre di più fino ad assumere le debite dimensioni, così da godere del corpo di sua/suo nipote, o *à choix* del maschile/femminile, nella penombra fonda del letto di una ghianda.

"Ma lei non può farlo cornuto – opinò Puck – suo marito ha già corna ramificate!" Indi raggiunse il suo vero sembiante e attraversando a piccoli balzi la radura si mise ai talloni del suo signore. Ora, non c'è capriolo che osi sbirciare al di sopra di quel cespuglio di ginestra per guardare che sta succedendo. Oberon ha corna ramificate, come un cervo, a dieci punte.

Tra gli arredi scenici del Globe Theatre, insieme alla macchina-del-tuono, alle pelli d'orso è elencata anche una "veste che dona l'invisibilità". Ed è con indosso quella veste – si evince – che Oberon rimarrà inosservato mentre maestoso, ma impotente, rimugina su quel frusciare palpitante, sul tremolio laggiù, dove tra le foglie di quercia cadute si celano sua moglie e il dorato pomo della discordia insinuatosi tra i due primordiali amanti.

Alta, nel profondo di una siepe di caprifoglio rorida di pioggia, un esserino minuscolo levava dalle rozze canne di un flauto scolpito nel legno di rampicante selvatico, una melodia tritonica, numinosa, profumata di lussuria. La melodia si interruppe quando il piccolo suonatore fu preso da attacchi convulsi di tosse. Sputò del catarro che attraversò l'aria finché un fior di primavera odorosa ne interruppe il volo. Escrescenza translucida, s'appiccicò al bordo lentigginoso del fiore. A quel punto l'infinitesimale esserino ridiede avvio alla sua melodia flautata.

L'epidermide aurea di Hermy è fatta di sottili scaglie d'oro, ma sotto la pelle le sue carni sono state marinate nelle seguenti spezie: pepe nero, peperoncino rosso, curcuma gialla, chiodi di garofano, coriandolo, cumino, fieno greco, zenzero, macis, noce moscata, spezie miste, KhusKhus, aglio, tamarindo, noce di cocco, Myrica cerifera, limoncina, galanga e come se non bastasse, qui e là – puah! – una zaffatina di assafetida. Ragazzi, è roba che scotta! Dovessero servire il nostro Hermy su un vassoio fastoso, guarnito di briciole e scaglie del suo involucro esterno, assomiglierebbe – lui/lei – a quella reale portata, il *biriani moglai*, che vien servito in tavola decorato tutt'intorno di riccioli d'oro commestibile. Le decorazioni, così dicono, hanno la funzione di favorirne la digestione. Prima di Hermy non è mai stato servito nulla di così squisitamente aromatico, fiutato nulla di così deliziosamente odoroso nella dolce verde Inghilterra, paese – a questo punto della storia – ancora schiacciato dal peso di una dieta – eredità dell'alto medioevo – a base di cavolo bollito. Dolce e insieme caldo-piccante è dunque il nostro Hermy, come se l'avessero immerso in sole e miele. Oberon invece ha il colore della cenere.

Puck, afflitto dal desiderio frustrato per Hermy, estrasse dal terreno una mandragola e affondò il suo portentoso membro nella fenditura della riluttante radice che si contrasse lamentosa, ma non servì a nulla perché il nostro satiro orecchie-pelose se la fece, senza farsene un problema.

Tempo da cani! Piove e piove e piove a dirotto. La

terra è alienata a se stessa. Dal grembiale della Regina cadono al suolo avvizziti i boccioli di rosa che nello strame marciscono, perché Oberon ha posto un termine a qualsiasi forma di riproduzione. Nondimeno Titania tiene ancora stretto fra le braccia Hermy, contro i seni tremanti e non permetterà che suo marito metta le mani sulla creaturina, neanche per sogno. Non l'ha forse promesso e giurato a un'amica?

E Hermy cosa desidera?

Hermy desidera sapere cosa la parola "desiderio" significhi.

"Mi è completamente estraneo il concetto stesso di desiderio. Io sono l'unico, il solo, il perfetto, paradigmatico Ermafrodito. Scateno desiderio su tutti i fronti e tuttavia sono trascendente, sono l'immobile motore di tutto, l'occhio irremovibile del ciclone, esemplare e autosufficiente, l'inizio e la fine di ogni cosa."

Poiché Titania era disarmata, nonostante gli sforzi, nei confronti del *côté* maschile di Hermy, inserì nell'orifizio femminile di lui un esitante indice inquisitivo. Hermy provò fastidio. E noia.

Senza parole, Oberon guardava il tremolio delle foglie di quercia. Lo soffocava il desiderio frustrato che provava per quella robina mezzo e mezzo, per il profumo della saliva di lui/lei. Si spogliò del travestimento che lo rendeva invisibile, assunse proporzioni gigantesche, una massa enorme che al di sopra del bosco copriva il cielo della notte, braccia in fuori, mani sui fianchi cancellò d'un sol colpo la luna. Nudo, tranne per i coturni che calzava e il voluminoso cache-sexe. Le corna ramificate che il muschio chiazzava ne coprono solo in parte la fronte che una corona fatta di vertebre giallognole, prese da mammiferi innominabili, recinge. Da sotto la corona scendono i capelli neri, dritti come la luce. Poiché ha assunto le sue sembianze malefiche, ha aggiunto agli addobbi una collana di minuscoli crani assai suggestivi. Potrebbero essere quelli dei bimbi che ha strappato alle culle degli uomini. Non dimentichiamo che in Germania lo chiamano il Re degli Elfi.

Col carbone s'è imbrattato viso, braccia e cosce. Oberon il signore della notte e del silenzio, del silenzio solenne e della notte infinita, il Signore delle Tenebre Plutoniche. I capelli, lunghissimi, non han mai conosciuto forbici, tuttavia, fenomeno peculiare, non ha peli né sulle guance, né sul mento, né tanto meno sugli stinchi – il viso è completamente glabro, liscio come un uovo fatta eccezione per le sopracciglia, un'unica linea che attraversa la fronte.

Certo, a chi mai, sano di mente, potrebbe passar per la testa di affidare un bambino a un uomo così?

Quando appena si sente un poco più allegro, Oberon fa uscire il sole e s'appende campanelli d'argento lungo i bordi del suo cache-sexe e i campanelli fanno tin, tirintin-tin mentre cammina su e giù, e torno torno e, tutto dove passa, il piacevole argenteo scampanellio riecheggia nell'aria, onde che s'accavallano contorte di piccoli echi tintinnanti, come omuncoli.

E se lui non è una creatura di sogno, allora vuol dire che tu hai dimenticato i sogni sognati.

Anche Puck, pieno del desiderio frustrato che addosso si ritrova, scoprì di non poter fare a meno di trasformarsi nell'oggetto stesso del suo desiderio. Così protetto dalle foglie di quercia che leggermente si contraevano, divenne giallo, metallico, bi-sessuato e straordinariamente prezioso a vedersi. Lì, Puck stava su una gamba sola, l'immagine vivente di Hermy. E mandava aurei bagliori.

Oberon lo vide.

S'inchinò e lo raccolse. Se lo depose sul palmo della mano, il simulacro di un albero yoga. Lo sguardo di Oberon s'appannò leggermente. Puck capì che non aveva scelta, gli toccava subire, fino in fondo.

ECCCCCÌ!

Con tenerezza Titania soffiò il naso di Hermy con l'orlo del suo sottabito, su cui inermi i fiori reclinano il capo come punti di un ricamo che si sfanno, su cui i frutti, che stanno incancrenendo, si coprono di macchie e marciscono – perché se Oberon è la Cornucopia, Titania è il Calderone della Procreazione e se lui, di tanto in tanto, non le dà una rimestatina come si deve, con il suo gran mestone, il calderone cesserà di bollire.

Stammi vicino vicino e dormi, disse Titania a Hermy. Le mie fate ti canteranno la ninna-nanna mentre noi ce ne stiamo stretti stretti, rannicchiati sul mio materasso di piumino di soffione.

Tutte inzaccherate, le piccole fate diedero in coro obbedienti l'avvio a "Tu che hai visto i serpenti dalla biforcuta lingua", ma il gran tossire, gli starnuti, la gola infiammata, gli occhi lacrimosi e il fiato corto e insieme tutti gli altri sintomi di un'influenza galoppante le affliggevano al punto che le loro voci andarono smorendo prima ancora di arrivare al punto della storia in cui si parlava dei tritoni. Dopodiché, ovunque, l'unico suono fu il chioccolio costante della pioggia sulle foglie del bosco.

Gli orchestrali hanno posato gli strumenti. S'alza il sipario. La commedia ha inizio.

# PETER E IL LUPO

Anche qui la bellezza, grandiosa delle montagne [illegible] [illegible], [illegible] necessaria, [illegible] [illegible] e il [illegible] [illegible]. Alla [illegible] quando [illegible] difficoltà, le strade che [illegible] [illegible] che [illegible] le [illegible] di un sogno di [illegible] linea, [illegible] aperto [illegible] e [illegible] le [illegible] [illegible] il cielo.

Un giorno [illegible] che [illegible] alla [illegible] [illegible] la [illegible] [illegible] che [illegible] [illegible]. [illegible] la [illegible] [illegible] [illegible] la [illegible] [illegible] [illegible] perché [illegible].

[illegible] [illegible] [illegible]. C'erano [illegible] [illegible] [illegible] [illegible].

A lungo andare la bellezza grandiosa delle montagne viene a noia; con l'abitudine al paesaggio, cessano stupore e meraviglia e il viaggiatore rivolge alle Alpi uno sguardo di indifferenza, lo stesso che ad esse rivolgono coloro che da sempre le abitano. Al di sopra di una certa linea non crescono alberi. L'ombra delle nubi percorre le Alpi nude con la stessa libertà con cui le nubi attraversano il cielo.

Un giorno, una ragazza che abitava in un villaggio lungo le chine più basse dei monti lasciò la madre vedova per andare in isposa a un uomo che viveva lassù, in quegli spazi deserti. Di lì a poco rimase incinta. In ottobre ci fu una bufera terribile. La vecchia madre sapeva che per la figlia era giunto il momento, aspettava notizie ma le notizie non arrivarono. Passata la bufera, la vecchia madre si mise in cammino, voleva capire cos'era successo; con sé prese il figlio più grande, perché aveva paura.

Erano ancora molto lontano quando videro che dal camino non si levava il fumo. La solitudine, come una grande voragine, li assediava tutto intorno. Sospesa ai cardini la porta sbatteva aperta indietro e avanti. La solitudine li ingoiò. C'erano resti di sterco di lupo sul pavimento, così capirono che nella casa erano entrati i lupi, ma avevano lasciato intatto il cadavere della giovane madre anche se del bambino non c'era segno, tranne tracce di sudicio che indicavano che il parto aveva avuto luogo. Neppure del genero restavano indizi, tranne un piede rosicchiato, in uno scarpone.

Avvolsero la morta in una trapunta e la portarono via, a casa. Ora era tardi. L'ululato dei lupi mutilava il silenzio della notte che s'avvicinava.

Con raffiche di ghiaccio sopraggiunse l'inverno, quando tutti restano chiusi in casa e attizzano il fuoco. Il figlio della vecchia sposò la figlia del fabbro che andò a vivere da loro. Poi la neve si sciolse e fu primavera. Poi venne Natale e il primo nipotino, a quell'epoca, già sgambettava. Il tempo passava. E vennero altri figli.

Poi, Peter, il nipotino maggiore, raggiunse la sua settima estate, e fu allora grande abbastanza da salire sui monti con il padre, come ogni anno facevano gli uomini quando portavano le capre a pascolare sull'erba nuova. Lassù Peter sedeva nella rinnovata luce del sole e stava intrecciando paglia per fare ceste quando vide ciò da cui gli era stato insegnato di guardarsi, al di sopra di qualsiasi altra cosa al mondo: avanzava in silenzio lungo il prato, ai bordi di uno spuntone di roccia. E poi ancora un altro lupo, che seguiva il primo.

Se non fossero stati i primi che vedeva, il ragazzo non avrebbe guardato i lupi così da vicino, quel loro manto felpato, quelle pelli grige, la punta dei peli bianca, che dava loro un aspetto spettrale come se fossero sul punto di dissolversi lungo i bordi; le loro code, come pennacchi vivaci, e le loro maschere puntute, inquisitrici.

Poi Peter scorse il terzo: era un lupo stupendo, un portento, era nudo e procedeva come gli altri a quattro zampe, ma non aveva peli sul corpo tranne quelli che gli crescevano tutto intorno al capo.

La vista di quel lupo glabro lo affascinò al punto che avrebbe perso il suo gregge, chissà, sarebbe stato divorato lui stesso, certo pestato a sangue fino a restare tramortito per via dell'incuranza, non fosse stato per le capre che sollevarono il muso, fiutarono il pericolo e scapparono a zampe levate, con belati e lievi nitriti. Così arrivarono gli uomini e gli spari dei fucili e il grande schiamazzo allontanarono i lupi che fuggirono spaventati.

Suo padre era troppo infuriato per stare a sentire quello che Peter gli disse. Lo riempì di schiaffoni e lo rispedì a casa. La mamma stava allattando il bimbo nato quell'anno. La nonna sedeva al tavolo, sgusciava piselli in un tegame.

"Nonna, c'era una bambina con i lupi" disse Peter. Come faceva a essere sicuro che fosse una bambina? Forse perché aveva i capelli tanto lunghi, lunghi e pieni di vita. "Una bambina che doveva avere circa la mia età, a giudicare dalla taglia" aggiunse.

La nonna versò dell'acqua nel tegame, si alzò da tavola e appese il tegame di piselli al gancio che pendeva sul focolare. Quella sera era ormai troppo tardi, ma la mattina seguente, all'alba, fu proprio lei a condurre il ragazzo lassù sui monti.

"Racconta a tuo padre quello che hai detto a me."

Andarono a guardare le peste dei lupi. In un tratto di terreno più umido trovarono un'impronta, non era come quella di una zampa di cane, né tanto meno come quella di un bimbo, ciononostante Peter s'arrovellò e a lungo si interrogò finché infine capì.

"Correva a quattro zampe col sedere per aria... dunque... teneva tutto il peso sull'avampiede, non è così? E le dita dei piedi divaricate e piatte... così."

D'estate, come i bimbi del villaggio, Peter andava in giro scalzo; inserì l'avampiedi nell'orma, per far vedere al padre il segno che anche lui, fosse sempre corso a quattro zampe, vi avrebbe lasciato.

"Non c'è assolutamente bisogno di usare i talloni, se è così che si corre. Per questo non c'è segno dei talloni. Va da sé."

Finalmente suo padre cominciò con cautela a riconoscere le capacità deduttive di Peter, gli rivolse uno sguardo velato di inquietudine. Era proprio un ragazzo intelligente.

Di lì a poco la trovarono. Era addormentata. La spina

dorsale le si era così dolcemente curvata da disegnare, quando se ne stava tutta raggomitolata, una C perfetta. Si svegliò quando li sentì venire e si mise a correre, ma ci fu qualcuno che la catturò. Avevano fatto un nodo scorsoio in cima a una corda. Il nodo si rinchiuse di scatto, fermo, intorno al collo e lei ricadde a terra, gli occhi fuori della testa, stralunati.

All'improvviso, come fosse uscita dal nulla, si fece avanti una grossa lupa grigia, furente, ma con una raffica del fucile il padre di Peter la fece saltare in aria. La bambina sarebbe morta soffocata se la vecchia non le avesse preso il capo in grembo e non avesse allentato il cappio. La bambina morse la mano della nonna.

Si dibatté e graffiò finché gli uomini le legarono polsi e caviglie con della fune e l'ebbero appesa gambe e braccia a un palo, per riportarla al villaggio. E a quel punto fu come un corpo morto. Non urlò, non gridò, sembrava non ne fosse capace, si limitava a emettere dei suoni monotoni, gutturali che provenivano dal profondo della gola e sebbene non sembrasse capace di piangere, ai lati degli occhi le scendevano gocce d'acqua.

Come l'avevano bruciata le stagioni! Il suo corpo era completamente scurito, color bronzo, luminoso; e com'era lurida! Ricoperta di fango e di sporco. E il pellame color cuoio castano che ne rivestiva il corpo era totalmente coperto di sfregi e di croste, dozzine di cicatrici lasciate addosso dalle abrasioni acuminate di rocce e di spini. Mentre la trasportavano, i capelli strisciavano per terra; aggrovigliati nella lappa erano talmente sporchi che era impossibile capire di che colore potessero essere. Un ammasso orrendo di pulci e pidocchi. Puzzava. Era così magra che le si contavano le costole. Il bel ragazzino, ben in carne e cresciuto a patate, era molto più grande di lei, sebbene lei avesse circa un anno di più.

Lo sguardo grave per la curiosità, lui le trotterellava dietro. La nonna, con passo rigido, le camminava di fianco, la mano morsicata avvolta nel grembiule. Quando la lasciarono cadere sul pavimento di terra della casa della nonna, il ragazzino le spinse l'indice nella natica sinistra, di nascosto, mosso dalla curiosità, voleva sentire com'era. Era tiepida ma dura. Neppure un fremito leggero quando lui la toccò. Aveva ceduto le armi. Giaceva legata a terra e si fingeva morta.

Nella casa della nonna c'era una grande stanza che d'inverno dividevano con le capre. Il grosso gatto tigrato, quello che dava la caccia ai topi, non appena ne ebbe colto un alito, mandò un sibilo forte come un pallone che scoppia e balzò su per la scala che portava, in alto, al fienile. Sul focolare fumava la zuppa e la tavola era pronta. Ormai era quasi ora di cena, ma c'era ancora abbastanza luce. La notte scende tardi l'estate, in montagna.

"Slegatela," ordinò la nonna.

Dapprima suo figlio non ne aveva intenzione, ma alla vecchia non si poteva dire di no, così prese il coltello del pane e tagliò la corda che serrava le caviglie della bimba. Lei si limitò a scalciare, ma quando le recise la fune che le legava i polsi, fu come se avesse liberato il diavolo. I curiosi che erano venuti a vederla scapparono fuori, mentre il resto della famiglia si precipitò alla volta della scala che portava al fienile. Ma la nonna e Peter corsero tutti e due alla porta, per sprangarla così che lei non potesse uscire.

Lei, intrappolata, prese a sbattere a destra e sinistra, nella stanza. Un urto violento e la tavola fu rovesciata. Uno schianto, e un tintinnare di terraglia – e i piatti per la cena andarono in frantumi.

Urti, schianti, rovesci – e la credenza cadde in avanti rovinando sul duro vasellame di argilla bianca che nella caduta si era sparso a terra. Poi fu la volta del barile di farina e lei tossì, starnutì come fanno i bambini, proprio così, e poi sulle quattro zampe irrigidite, prese a saltare a destra e sinistra in una nuvola bianca, finché la farina non si depositò ovunque come una polvere magica che rendeva tutto irreale.

Passato che fu il suo primo delirio, per un attimo s'acquattò, annusando l'aria con il lungo muso e poi prese a fare brevi, veloci sortite, ora qui, ora là, piccoli morsi e guaiti mentre scuoteva il capo sconvolta.

Non si alzò mai sulle gambe. Stava acquattata tutto il tempo sulle mani e sulla punta dei piedi, anche se non era proprio come se stesse acquattata, perché si capiva come le venisse del tutto naturale stare su quattro zampe, quasi avesse stretto con la legge di gravità un patto diverso dal nostro, e si vedeva anche come le si fossero irrobustiti i muscoli delle cosce là sulle montagne e quanto teso fosse l'arco vibrante dei piedi e dunque certo usava i talloni soltanto quando s'accovacciava. Ringhiava. Di tanto in tanto, come insopportabili colpi di tosse, vomitava fondi grugniti di angoscia.

Degli occhi stralunati non le si vedeva altro che il bianco, il bianco accecante della neve striato d'azzurro.

Più volte, sembrava non farlo apposta, andò di corpo. La cucina puzzava come una latrina eppure anche i suoi escrementi erano diversi dai nostri. Erano rifiuti di cibi crudi, strani, inimmaginabili, maledetti. Sterco di lupo.

Orrore, orrore!

Andò a sbattere contro il focolare, urtò il tegame che pendeva dal gancio e il contenuto rovesciandosi spense il fuoco. La zuppa calda le ustionò le zampe anteriori. Il trauma del dolore. Stava rannicchiata sulle zampe posteriori, con la zampa ferita che le pendeva misera dal polso, davanti agli occhi, e ululava mentre alti singhiozzi le inarcavano il corpo.

Persino la vecchia, che aveva fatto con se stessa il patto di amare l'essere generato dalla figlia che le era morta, provò terrore quando sentì la bambina ululare.

Il cuore di Peter diede un balzo, un sussulto, così che gli parve di venir meno; non si rendeva conto di avere paura perché non gli riusciva di staccare gli occhi dalla fessura del sesso infantile di lei. Riusciva a vederla perfettamente mentre lei restava lì seduta, un angolo retto con la base della spina dorsale. Era ormai notte, buio quanto lo può essere di questa stagione, vale a dire non del tutto buio; un filo bianco di luna pendeva dal cielo biondo alla cima del camino così che in casa non era né buio né chiaro. Nondimeno il ragazzo ne poteva scorgere con chiarezza le parti intime, quasi fossero dotate di una loro fosforescenza. Esercitavano su di lui un fascino assoluto.

Mentre ululava le si dischiusero le labbra della vagina così da offrirgli, senza che lei lo volesse o intendesse farlo, la visione di una sequenza di scatole cinesi, una spirale di carni che sembravano aprirsi una sull'altra dentro di lei, che lo trascinavano alla volta di un luogo segreto, profondo, che continuamente recedeva ai suoi occhi, una destinazione lontana, la prima avvisaglia devastante e vertiginosa che lui ebbe dell'infinito.

Lei ululò.

E non smise di farlo finché, dalla montagna, dapprima uno alla volta, poi in una polifonia complessa, infine risposero voci dotate dello stesso linguaggio.

Lei continuò ad ululare, per quanto ora lo facesse con risonanze meno tragiche.

Di lì a poco coloro che abitavano la casa non poterono fare a meno di riconoscere che i lupi stavano scendendo, in branco, nel villaggio.

A quel punto lei provò conforto, e accasciandosi posò il capo sulle zampe anteriori trascinando i capelli nella zuppa che si stava raffreddando e così rinchiuse il suo libro vietato, senza la minima consapevolezza di averlo mai aperto o tantomeno che quel libro fosse vietato. Le palpebre pesanti le si abbassarono sugli occhi castani, iniettati di sangue. Il fucile di casa era appeso a un chiodo sul focolare, là dove il padre di Peter l'aveva lasciato quando era entrato, ma come l'uomo posò il piede sul primo piolo della scala per scendere a prendere l'arma, la ragazzina spiccò un salto, ringhiando e mostrandogli i lunghi canini gialli.

Ora gli ululati che venivano dall'esterno si confondevano con l'agitazione e lo spavento degli animali di casa. Tutti gli altri abitanti del villaggio si erano rinserrati nelle proprie abitazioni.

I lupi erano alla porta.

Il ragazzino prese la mano ancora sana della nonna. Dapprima la vecchia non si mosse ma lui le diede uno strattone deciso e lei tornò in sé. La bambina alzò sospettosa il capo, ma li lasciò passare. Il ragazzo spinse la nonna dinanzi a sé, su per la scala a pioli che poi ritirò. Il terrore lo rendeva molto nervoso. Avrebbe dato qualsiasi cosa per tornare indietro, per cancellare il tempo, si sarebbe allora messo a correre, a urlare, avrebbe potuto dare l'allarme, non appena scorti i lupi e così non l'avrebbe mai incontrata.

La porta tremò quando fuori i lupi presero a darle l'assalto e le viti che fermavano il giunto della spranga all'intelaiatura s'incrinarono, e scricchiolando presero a cedere. A quel punto la bambina si levò di scatto e piena di eccitazione prese a fare piccole sortite, avanti e indietro, davanti alla porta. In breve le viti furono divelte dall'intelaiatura. I lupi, in branco, nel tentativo di entrare in casa, precipitarono dentro ruzzolando l'uno sull'altro.

Dissonanza, terrore. Dentro la casa il frastuono era alto, come quello dei venti invernali, intrappolati tutti insieme in una scatola. Quello che più la gente temeva, fuori, era ormai dentro, vicino. Su, nel granaio, l'ultimo nato piagnucolò. La madre lo strinse forte al petto, come se i lupi fossero venuti per strapparle anche questo. Ma i lupi erano scesi soltanto per riprendersi colei che loro avevano allevato.

Andandosene lasciarono in casa dietro di sé un fetore selvaggio e peste bianche di farina ovunque. Sui cardini la porta squassata scricchiolava, avanti e indietro. A terra, provenienti dal fuoco ormai estinto, erano sparsi stecchi neri di legno ormai freddo.

Peter pensò che la vecchia avrebbe a quel punto pianto, ma sembrava che la scena non l'avesse toccata. Quando non ci fu più pericolo, scesero la scala, uno per volta, per scoppiare, quasi fossero stati liberati dalla maledizione del silenzio, in un grande, eccitato chiacchierio. Solo la vecchia restò muta. Per quanto la mezzanotte fosse da tempo passata, la nuora andò a prendere acqua al pozzo per ripulire la casa dal fetore di selvatico. Il padre di Peter riassettò, chiodi e martello, la tavola e la credenza. Pieni di stupore uscirono dalle loro abitazioni i vicini; dai pollai i lupi non avevano neppure preso una gallina, non avevano rubato un solo uovo. Al chiarore delle stelle la gente portò fuori birra, grappa di patata e spuntini. L'eccitazione aveva messo fame a tutti. Quella notte terribile terminò in una gran festa, ma la nonna non volle né bere né mangiare e, appena la casa fu ripulita, andò a letto.

Il giorno dopo si recò al cimitero e per un po' restò seduta accanto alla tomba della figlia, ma non pregò. Poi tornò a casa e cominciò a tagliare fine fine del cavolo per la cena, ma le toccò smettere perché la mano che era stata morsa stava andando in suppurazione.

Quell'inverno, durante il periodo d'ozio cui la neve li costringeva, dopo la morte della nonna, Peter chiese al sacerdote del villaggio di insegnargli a leggere la Bibbia. Il prete acconsentì con gioia; del suo gregge Peter era il primo che avesse espresso il desiderio di imparare a leggere.

Il ragazzo divenne molto devoto, al punto che la famiglia ne fu sorpresa e colpita. I più piccoli lo prendevano in giro e lo chiamavano "San Pietro" ma il fatto non lo distoglieva dal recarsi furtivo in chiesa a pregare, ogni qual volta avesse un momento libero. Durante la Quaresima, osservò un digiuno totale. Il Venerdì Santo si fustigò. Era come se la vecchia fosse morta per colpa sua, come fosse stato lui a portare in casa quell'infezione mortale che l'aveva portata via. Un desiderio ossessivo, fortissimo di espiazione lo divorava. Notte dopo notte, fino a quando sua madre, tra ammonimenti e bisbigli, lo costringeva al sonno, lui, nella luce incerta della candela, studiava con grande attenzione il suo libro, cercava un indizio di grazia.

Ma con regolarità, quasi a dispetto dei quattro evangelisti la cui protezione Peter ogni notte supplicava, l'incubo disordinava il suo sonno. E lui si girava e rigirava agitato, sulla paglia frusciante del giaciglio che divideva con i due fratelli più piccoli.

Deliziato dall'intelligenza precoce di Peter, il sacerdote cominciò ad insegnargli il latino. Peter andava a fargli visita tutte le volte che glielo permettevano i suoi doveri di pastore. Quando ebbe quattordici anni, il sacerdote informò i genitori che era ormai tempo per Peter di andare in seminario, in città, nella valle: là il ragazzo avrebbe studiato e sarebbe a sua volta diventato sacerdote. Poiché di figli ne avevano tanti, decisero di offrirne uno a Dio, visto che tutti quei libri e quel gran pregare avevano ormai fatto di Peter un estraneo in famiglia. Quando le capre scesero dagli alti pascoli per l'inverno, Peter partì. Era ottobre.

Alla fine del suo primo giorno di viaggio, raggiunse un fiume che scorreva dalla montagna alla volta della valle. Le notti erano ormai piuttosto fredde; Peter si accese un fuoco, pregò, mangiò il pane e formaggio che sua madre gli aveva preparato e dormì meglio che poté. Nonostante provasse fortissimo il desiderio di tuffarsi nel bianco mondo della penitenza e della devozione che l'attendeva, Peter era ansioso, tormentato per motivi che non riusciva a spiegarsi.

Alle prime luci del giorno, quelle luci che rischiarano appena il buio della notte, come gusci d'uovo lasciati cadere in un liquido opaco, scese al fiume per bere e lavarsi la faccia. Tutto era fermo, come se lui fosse stato, là, l'unico essere vivente.

Gli avambracci di lei, le natiche, le gambe erano coperte di peli e i capelli le scendevano folti intorno al viso tanto che era quasi impossibile distinguerne i lineamenti. Era acquattata sull'altra sponda del fiume. Stava bevendo. Risucchiava l'acqua con la lingua e l'acqua era così densa di luce color della malva che pareva lei stesse bevendo l'alba alla stessa velocità con cui l'alba s'alzava. Nondimeno l'aria impallidì mentre lui la stava a guardare.

Solitudine e silenzio. Immobilità totale.

Non sarebbe mai stata in grado di capire che il riflesso nell'acqua, sotto di lei, era il suo. Non sapeva di avere un volto; non l'aveva mai saputo, dunque il suo stesso volto era lo specchio di un genere di consapevolezza diverso dal nostro, esattamente come la sua nudità, senza innocenza o esibizione, era la nudità dei nostri primi genitori, prima del peccato originale. I suoi capelli erano lunghi come quelli di Maddalena, Maddalena delle lande deserte e selvagge, nondimeno una Maddalena che ignorava il significato della parola pentimento.

Sotto il peso della sua afasia, il linguaggio si sbriciolava in polvere.

Dai cespugli saltarono fuori, rotolando l'un sull'altro e azzuffandosi, un paio di cuccioli di lupo. Lei li ignorò. Fu come se non li vedesse.

Il ragazzo prese a tremare dalla testa ai piedi. La pelle coperta di formicolii. Gli sembrava di essere stato fatto di neve. Gli sembrava che ora si sarebbe sciolto. Biascicò qualche parola o forse erano gemiti.

Lei rizzò il capo alla volta del suono vago che l'acqua del fiume scioglieva e i cuccioli l'udirono anche loro e presero a correre ruzzolando per affondare le teste spaventate nel suo fianco. Ma, dopo un attimo, lei decise che non c'era pericolo e ancora una volta abbassò il muso sulla superficie dell'acqua che le ghermì i capelli allargandoglieli in cerchio intorno al capo.

Quando ebbe finito di bere, indietreggiò di qualche passo, scuotendo la pelle bagnata.

I piccoli cuccioli le s'attaccarono addosso, le bocche strette ai seni che pendevano dal suo corpo.

Peter non seppe trattenersi e scoppiò a piangere. Era dal funerale della nonna che non lo faceva. Le lacrime gli scivolavano lungo la faccia e cadevano gocciando sull'erba. Avanzò inciampando di qualche passo nell'acqua del fiume con le braccia aperte, voleva attraversarlo fino all'altra riva così da condividere con lei la grazia stupenda, segreta, che era in lei come se fosse al culmine di un'estasi – quasi una visione mistica. Ma quel movimento brusco spaventò sua cugina che strappando i capezzoli dalla bocca dei cuccioli, scappò via. Squittendo i cuccioli presero a rincorrerla. Correva appoggiandosi sulle mani e sui piedi, come se quello fosse l'unico modo per correre verso le alte praterie, nei labirinti luminosi dell'alba che ancora non si era del tutto levata.

Quando il ragazzo si riebbe, si asciugò le lacrime nella manica, sfilò gli scarponi zuppi, asciugò piedi e gambe nel fondo della camicia. Poi dal sacco prese qualcosa da mangiare, non sapeva neanche cosa fosse e riprese il cammino alla volta della città; ma al seminario cosa ci sarebbe andato a fare, ormai? Perché adesso sapeva che non esisteva nulla di cui avere paura.

Provò la vertigine della libertà.

Con i lacci legò gli scarponi e se li mise a spalle. Erano molto pesanti. Rifletté a lungo, tra sé e sé, se buttarli via, ma quando ebbe raggiunto la strada selciata, gli toccò rinfilarli sebbene fossero ancora umidi.

Gli uccelli si svegliarono e cominciarono a cantare. Lo colse di sorpresa la luce indifferente, razionale del sole. E le montagne si stendevano dietro di lui.

Voltò il capo e oltre la spalla vide che in lontananza le montagne iniziavano ad assumere un aspetto pianeggiante, bidimensionale. Si stavano ormai trasformando in un quadro di se stesse, una cartolina acquistata frettolosamente come un ricordo d'infanzia, in una stazione ferroviaria o a un confine. Il ritaglio di un giornale, l'istantanea che avrebbe mostrato in giro, in curiose, piccole e grandi città, in altri paesi che in quel momento non riusciva a prefigurare, i cui nomi ancora non conosceva. Luoghi in cui, con un linguaggio che ancora gli era estraneo, avrebbe detto "È qui che ho trascorso la mia infanzia. Pensa un po'!".

Si voltò e fissò quei monti a lungo. C'era vissuto quattordici anni, ma così non li aveva mai visti prima di allora. Così come essi possono apparire a qualcuno che non li abbia mai considerati quasi parte di sé. E allora, per la prima volta, riconobbe la semplicità primitiva, immensa, magnificente, nuda, aspra delle montagne. E mentre dava loro l'ultimo addio, le vide trasformarsi in uno scenario teatrale, il fondale meraviglioso di un'antica fiaba fantastica, la fiaba di una bimba allattata dai lupi. Forse, oppure di lupi che vennero tenuti a balia da una donna.

A quel punto Peter si girò verso la città. Era deciso, con

passo pesante sarebbe andato avanti, dentro una storia diversa.

"Se mi giro ancora una volta," rifletté in un ultimo ansimo di superstizioso terrore, "mi trasformerò in una statua di sale."

# NATO IN CUCINA

"Figlio d'arte" si dice di chi ha sorseggiato insieme latte materno e cerone e se esistesse un equivalente culinario di quell'espressione, beh, non c'è dubbio, quell'espressione spetterebbe a me, perché non è forse vero che sono stato concepito *dans l'espace* non di *un matin*, ma di un soufflé, giusto il tempo che montasse. Soufflé di aragosta, prima qualità: forno a temperatura media; tempo di cottura: venticinque minuti.

E quello fu anche il primo soufflé in assoluto che la mia mammotta avesse mai cucinato nella sua esistenza di cuoca, il primo soufflé che le sia stato ufficialmente chiesto di fare: fu una vera e propria "chiamata". Glielo aveva ordinato un qualche duca francese, che quella volta era ospite dei Signori, di Sua Signoria il Padrone e Sua Signoria la Padrona, allora la mia mammotta era goduta persa all'idea di doverglielo preparare, proprio per lui, ché ce n'erano così pochi, scarsi scarsi, di *fin becs* che di quei tempi venivano a beccucchiare dalle nostre parti; pochi pochi, persino in quelle due settimane di Grande Caccia al Fagiano, quando i pezzi grossi dell'aristocrazia ruzzolavano gli uni sugli altri, come branchi di pecoroni dal sangue blu, per far centro su quei preziosi bersagli pennuti del cielo. Ed era proprio in quell'occasione che i *fin becs* scarseggiavano. Palati come suole. "Perle ai porci" avrebbe detto mia madre mentre con grande riluttanza spediva su, in sala da pranzo, le ventiquattro portate della sua Arte; "Perle ai porci" non fosse stato che al loro posto i porci avrebbero mostrato maggior *gourmandise.* Ve lo garantisco io, case di campagna inglesi, ma certo! Sì! Sono quelli i posti da sbobba. Ma a una condizione: che le Lor Signorie non siano *à la maison, chez lui.* È la servitù che tiene alti gli standard.

*Madame* infatti non toccava cibo, a meno che si trattasse di ostriche e grappoli d'uva serviti in ghiaccio, tre volte al giorno, era per via della sua sensibilità così raffinata, laddove *Monsieur* restava a digiuno fino al tramonto, quando faceva servire un osso cucinato in spezie fortissime, *à la diable*, dal momento che quando era stato governatore di un pezzettino di Poossah gli avevano letteralmente bruciato le papille gustative a colpi di curry. (Mi sa tanto che quegli indiani gli abbiano speziato il mangiare fino a farne fuoco, per disprezzo e per dispetto. E la vendetta del cuoco, quando colpisce, è un flagello!) Quanto agli Acchiappa Fagiani, non volevano null'altro che sandwich per antipasto, sandwich per primo, seguito da sandwich, sandwich, sandwich e che le bottigliette da tasca fossero sempre piene, oh, sì, innaffia tutto con il liquido color ambra e poi come fai a capire che gusto ha quello che ingurgiti?

Dunque, la mia mammotta ci mise l'anima nella preparazione del suo primo soufflé d'aragosta, e spedì il ragazzotto che arrotava i coltelli in cucina fino al mare, lui ci andò in bicicletta e pedalò per miglia alla ricerca dell'animale, e poi ci fu il rito della bollitura, e l'aragosta doveva essere viva, e quella squittiva e frignava come un bambino disperato ed eccola che s'arrampica e sguscia lenta fuori dal pentolone e via dicendo e la mia mammotta, tutta una agitazione e un trambusto, e il rosso delle uova che andava separato dal bianco, ecc., ecc.

Poi, giusto mentre se ne stava chinata sui fornelli per versare la farina nel burro, un paio di mani l'afferrarono stretta alla vita. Sul momento lei pensò si trattasse di uno dei soliti scherzi pesanti da cucina, così mentre versava gli albumi nei rossi, girò i suoi larghi fianchi per liberarsi dalla presa. Ma mentre versava la polpa d'aragosta, tagliata per benino, tutta a cubetti, sentì che quelle mani le scivolavano verso l'alto.

Fu proprio allora che il pepe di cayenna le scappò di mano. Di quello si dolse tutta la vita.

Poi, mentre da una grande terrina stava versando i bianchi d'uovo montati a neve, Dio solo sa fino a che punto lui si spinse, fatto sta che lei fece volare il tutto sul piatto bianco, con abbandono e disse:

"Al diavolo!"

A quel punto il soufflé finisce dritto nel forno e con un gran colpo lo sportello viene richiuso.

Sul tutto feci scendere un velo discreto.

"Mamma!" spesso la supplicavo. "*Ma chi mai era quel-l'uomo?*"

"Per carità di Dio, figlio mio" lei diceva. "Non mi è mai passato per la testa di chiederglielo. Ci avevo tanta di quella preoccupazione, e se quella gran botta, naturalmente quella che avevo dato allo sportello del forno per chiuderlo, m'aveva smontato il soufflé? Avevo paura di quello, io."

Ma così non fu. Infatti il soufflé gonfiò come una mongolfiera e non appena il suo capo dorato batté imperioso contro lo sportello del forno, lei lacerò il velo che con discrezione io avevo fatto scendere sulla scena di passione per emergerne, con le mani che allisciavano il grembiule, così da estrarre il suo piatto esemplare tra gli osanna e gli oh! e ah! da parte del personale di cucina che le si era riunito intorno. Erano circa quarantacinque.

Ma non sufficientemente esemplare. In quell'ospite la cuoca aveva trovato pane per i suoi denti. La governante riportò di persona il piatto che gli era stato servito e lo sbatté in malo modo sul tavolo annunciando con una smorfia di compiacimento: "Ha detto 'Trop de cayenne' e rovesciato gli avanzi, fino all'ultima briciola, nel fuoco del camino." La governante è un modello di raffinatezza, estremamente attenta alle aspirate. Sembra che abbia il singhiozzo. Aspira con forza anche la "h" di "hic", quando ha il singhiozzo.

Mia madre piange dalla vergogna.

"Ciò di cui abbiamo bisogno qui – hic – è un chef che venga dal contingente, continentale insomma, per alzare *le ton*" annuncia minacciosa la governante, gettando uno sguardo d'odio assassino sulla mia mammotta, mentre abbandona con passo regale la cucina, perché la mia mammotta altro non è che una ragazzotta di campagna, viene dallo Yorkshire, e ha mani d'oro, magiche, ma non c'è spazio per due regine in un alveare, e la governante la vede come il fumo negli occhi. E come non bastasse le vengono le fregole solo all'idea che le siano importati dalla Francia, tutti per lei, un Carême o un Soyer, con tanto di baffi maestosi come un portacappelli, per farsi, come dire, *croquembouche*r per benino, che siano capaci di montare da dio, la panna naturalmente, perché ormai sono loro l'ultima grande moda, la sua passione.

"Non è forse vero che è Alberlin lo chef dei cari Devonshire; e Crépin lavora per la Duchessa di Sutherland? Poi c'è Labalme, che fa parte dello staff di casa del Duca di Beaufort, doncherno... e la Regina, dio la benedica, ha il suo Ménager... e noi invece eccoci qui, impastoiati con quest'oca cicciona che non conosce altra lingua se non quella scollacciata, strascicata dello Yorkshire, ciabattona che non è altro..."

Concepito su un tavolo da cucina, dato alla luce su un pavimento di cucina; e quando sono nato, altro che campane a distesa, ma molto più appropriatamente, bang, bang, barabang, ecco come fu annunziata la mia venuta al mondo! Bang, bang, su ogni casseruola del circondario, un vero e proprio fuoco di fila, una sinfonia di timpani da cucina, pentolame dal fondo di rame. E l'allegro acciottolio di stoviglie, mestoli che risuonavano contro i coperchi d'argento dei vassoi da portata. E furono proprio i cani di cucina, quelli che su un tamburo rotante fanno girare gli spiedi e gli arrosti, ad abbaiare tutti insieme: "Bau, bau!"

Così stando le cose, i calcoli sono presto fatti e ve li potete fare da soli. Ottobre era passato da tre mesi ed essendo Lor Signorie in quel di Londra, è la nostra governante che tiene ben alto lo stile della casata. Se ne sta sola soletta, nel suo salottino dove siede servendosi del miglior Bohea che sia mai stato messo in commercio. Lo assapora da una tazza Meissen, ci ha aggiunto una goccia, proprio solo una goccia di rum. Se lo va a prendere, il suo rum, da una di quelle bottiglie che tiene sotto chiave, e di chiave se ne è fatta fare una tutta per sé, con comodo, visto che ha tutto il tempo che vuole. A questo punto della storia, la sua servetta, portaborse, faccendiera e leccapiedi le sta versando il vecchio buon Giamaica nella tazza di tè, proprio fino all'orlo, quando tutt'a un tratto, al piano di sotto scoppia il pandemonio come se un'orchestra cinese al completo, con tanto di blocchi di legno e xilofoni, avesse dato il via al suo gran fracasso: percussioni e ripercussioni.

"Dio santo, cosa mai – hic – stanno combinando – hic – giù da basso – hic – quei luridi avanzi di galera?" suona, flautata e assai gentile la voce della governante e, in quel dire, dà uno strattoncino come si deve all'orecchio della servetta, veloce e perfido quanto basta per farle vomitare il pettegolezzo.

"Oh, madamissima!", tremula risponde la voce della miserevole servotta, "Nulla, nulla, è solo il bimbo della cuoca!"

"Il bimbo della cuoca?!"

Per via della stazza, certo non indifferente, di mia madre, è rotonda come una o, come la o di obeso, per via dell'affetto che per lei provava il personale di cucina al completo, affetto e grande lealtà, la governante non era stata assolutamente messa al corrente della mia nascita prossima futura, nondimeno non appena ne fu appunto al corrente, nonostante la bava alla bocca dalla rabbia e dalla furia che le prese, la notizia le fece molto, molto piacere. Ecco, finalmente le parve di intravedere la strada da percorrere per sollevare mia madre dal suo compito – per via appunto del mio arrivo niente affatto sollecitato – e di conseguenza per sobillare le Lor Signorie, acciocché assumessero un vero signore, maniere affettate e capelli impomatati, ad occuparsi di *chaufroid* e di *gelée* e di piccole smancerie e grandi adulazioni che lei adorava. Dunque regale scende la nostra al piano di sotto, con passo maestoso anche se piuttosto incerto per via del rum che, macchiato di tè, sorseggia dalla mattina alla sera. Pronta ed ossequiosa, la servotta la precede per spalancare la porta al suo regale avanzare.

Uno spettacolo incredibile l'attende. Raffaello, si fosse a quei tempi trovato nello Yorkshire, ne avrebbe immediatamente abbozzato un disegno. Mia madre, incoronata e avvolta dai sorrisi di tutti, siede sul trono, un grande sacco di patate, al petto tiene il piccolo nato, avvoltolato per benino in garza da pudding, appena sterilizzata, tramite bollitura s'intende, e la brigata del personale di cucina al completo disposta in cerchio intorno a lei, in atteggiamento contemplativo, adorante. Ognuno ha in mano un utensile da cucina e a quel punto riparte l'allegra, metallica sinfonia dei mestoli, la mia prima ninna-nanna.

Ahimè, numi! Non appena lo sguardo gelido della governante si posa sulla scena, la melodia che avvolgeva la mia piccola persona lentamente si spegne, smorendo nella cacofonia di metallici tin tin e curiosi, sordi botti.

"Cosa mai – hic – sta succedendo – hic – qui dentro?"

"Un maschietto, un maschio stupendo!" canticchia intenerita la mia mammotta e sulla morbida fronte poggiata contro il suo immenso, tenero seno, mi stampa un bacio rumoroso.

"Questo ti costerà il licenziamento!" urla la governante, che aggiunge: "Hic!"

Ma avreste dovuto sentire le urla, il putiferio che la sua decisione sollevò tra gli astanti. Fu come se avesse bombardato un negozio di ferramenta e a quel punto tutti, proprio tutti (tranne naturalmente mia madre ed io) si ributtarono sui loro improvvisati strumenti musicali con rinnovata energia e all'unisono presero a cantare:

“Il bimbo di cucina! Il bimbo di cucina! Nessuno butterà fuori il bimbo di cucina! Il bimbo di cucina!”

E quella era la verità nuda e cruda. A chi altri mai potevo attribuire la mia vita, chi mai mi era stato padre se non quel goloso, passionale luogo che, se proprio non mi aveva fatto, era stato responsabile del mio concepimento? Non c’era una sguattera, non c’era uno, dico uno, dei ragazzini addetti alle verdure che riuscisse a ricordare chi o cosa mai fosse venuto a far visita a mia madre, quella famosa mattina del soufflé, quando tutti quanti erano impegnati a preparar sandwich, mentre nella villa vagava misteriosa una forma grassoccia, un fantasma che il buio delle cucine attirava a sé. Quel duca gourmet non aveva forse un servitore al seguito, un valletto gourmet? Tuttavia i contorni della sua figura si scioglievano come gelatina di carne al calore dei fornelli.

“Il bimbo di cucina!”

La brigata cuciniera fece un tale casino che alla governante toccò battere in ritirata nel suo salottino privato per risollevarsi gli spiriti con un altro bicchierotto di rum dal momento che lo spirito che aveva in corpo non le era bastato a controbattere all’ammutinamento degli addetti alle padelle. Così stando le cose fece ritorno ai suoi accampamenti, col muso lungo.

I miei primi giocattoli furono colini, coperchi e frullini. Il bagnetto me lo facevano nell’ampia zuppiera in cui generalmente era servito il brodo di tartaruga. Fino a quando fui in grado di muovere i miei primi vacillanti passi, il salmone venne abolito dai menù; d’altra parte dove mai potevano sistemarmi se non nel pentolone di rame in cui il salmone veniva d’abitudine cucinato? Il pentolone era piazzato in alto, su un’ampia mensola. Lì, al riparo da qualsiasi pericolo, ben al calduccio, schiacciavo i miei pisolini, protetto e coccolato dai profumi ghiotti e dai suoni appetitosi che provenivano dai preparativi rituali del cibo. Lì presero corpo i ciangottii della mia primissima infanzia, come se di lassù, in alto in cucina – nel mio piccolo tempio, fossi io la divinità protettiva dell'intera magione, familiari e domestici inclusi.

D'altra parte non è forse vero che una grande cucina possiede un'aura sacra, magica? E le volte che si sollevavano al di sopra del mio capo, pietre che la fuliggine aveva annerito, da cui pendevano prosciutti, mazzi di erbe aromatiche e reste di cipolle, vagamente ricordavano gli stendardi reggimentali che si dispiegano alti lungo le navate di vecchie chiese. E il lastrico freddo, su cui echeggiavano i passi, veniva lavato e tirato a lucido due volte al giorno da fedeli in ginocchio. E poi c'erano i riflessi luminosi dei recipienti metallici che, fila dopo fila, strofinati ben bene dondolavano dai ganci o riposavano in silenzio nei loro scaffali fino a quando di loro ci sarebbe stato bisogno, proprio come fossero tanti calici in attesa che il rito sacramentale del cibo fosse celebrato. E i fornelli, come un altare. Sì come un altare, di fronte al quale mia madre s'inchinava in omaggio perenne, una frangia morbida di sudore che le disegnava il labbro superiore, il calore che le infiammava le guance.

Avevo tre anni quando mia madre mi diede farina e strutto ed ecco fatto, inventai la pasta frolla. Poi, visto che son troppo piccolo per lavorar di mattarello, mi issa in spalla perché veda bene come sul piano di marmo lei spiana l'impasto; quando poi mi fa ricavar con gli stampini le tartine da solo, le scendono le lacrime lungo le guance, è così felice che sia un bambino tanto precoce e allora lascia che ruffoli nella marmellata di susine selvatiche e lecchi per bene il cucchiaio, è così che mi premia. A tre anni e mezzo ho fatto tali progressi che me la cavo con il bignè alla marmellata e a quel punto non c'è bisogno di tenermi in braccio. Dopo avermi ravvolto nel suo grembiule, ci sto dentro tre volte, e avermelo fermato alla vita per evitare che voli faccia in giù nella *sauce Hollandaise*, mi piazza su un alto sgabello. Di lì, appollaiato, riesco ad arrivare al tegame della salsa e la mescolo per lei. È così che divento il suo chierico.

Imparare a leggere e scrivere non mi è un gran problema. Ecco come imparo l'alfabeto: A come asparago, *asperges au beurre fondue* (per quanto, per rispetto di mia madre, non vengano mai serviti con una *sauce bâtarde*); B come *bœuf*, il "barone", per lo più *Rôti*, con un *pouding Yorkshire* che nel forno, al piano inferiore, sfrigola patriottico ben sistemato nella sua leccarda; C come carota, *carottes*, *choufleur*, *camambert* e via dicendo, fino alla Z, Z di zabaglione anche se spesso mi chiedo a che mai serva la X, visto che non compare in nessun libro di cucina.

E da quella cucina io non mi muovo, ne sono parte come la croûte a un pâté, o la mayonnaise a un uovo. Dapprima è su uno sgabello che salgo, per occuparmi dei miei fornelli; poi su un secchio capovolto; infine eccomi, ritto sui miei due piedi. Gli anni passano.

La vita in questa remota residenza scorre serena, un fiume dolce e senza intoppi che si gonfia pericoloso solo una volta all'anno e sono poi solo due settimane, anche se quel gran casino che fanno durante La Caccia al Fagiano basta e avanza, e arrivano a frotte dalla città a seminar zizzania tra noi.

Le Lor Signorie reputano che il fatto che vengano a farci visita sia l'unico motivo, la vera ragione della nostra esistenza, della vita di ognuno di noi, il climaterio annuale del nostro essere, l'epoca cruciale in cui il personale a loro servizio che – per quanto *li* riguarda – dorme in stato di ibernazione per tutto il resto dell'anno, ecco, d'un tratto, ritorna alla vita, come la Bella Addormentata nel Bosco quando compare il suo Principe Azzurro. Tuttavia, a onor del vero, quando loro non ci sono, per gli altri undici mesi e mezzo, noi stiamo talmente bene, andiamo talmente d'accordo che è in realtà l'arrivo delle Lor Signorie a costituire una sorta di interruzione cronica della nostra routine. Le due settimane che passano qui ci costano sudore, fatica, pena, le patiamo, quelle due settimane, come un gentiluomo di campagna, costretto da pecuniarie circostanze, patisce la presenza di ospiti a pagamento nella propria magione. Per quanto riguarda la *haute cuisine*, sarà meglio non parlarne; sandwich e poi ancora sandwich e infine sandwich, non vogliono altro che sandwich.

Mai, ma proprio mai che ci venga richiesto, almeno una volta, un piatto speciale, un soufflé, che sia di aragosta o di che altro. E quando arriva l'epoca della Caccia, la mia mammotta si fa un poco pensierosa, malinconica, assente e, anche se nessuno glielo ordina, ogni anno, capiti quel che capiti, lei prepara il suo soufflé d'aragosta, spedisce il ragazzino che arrota i coltelli in cucina a comperarla, la fa cuocere quand'è ancora viva, sbatte le uova, prepara la panada ecc. ecc. ecc., quasi la preparazione di quel soufflé fosse un rituale magico che dal passato regolarmente risollevasse la grande domanda. A chi mai erano appartenuti i lombi che avevano dato vita a suo figlio? Chissà, questa volta almeno sarebbe riuscita a vederlo in faccia. O forse, chissà, c'era dell'altro. Ma lei non ne volle mai assolutamente parlare. A tempo debito, ogni volta costruiva il soufflé più spumoso, leggero e gustoso che un'aragosta si fosse mai degnata di onorare della sua presenza. Ma non arrivava mai nessuno a mangiarlo e in cucina nessuno aveva il coraggio di osare. E fu così che, anno dopo anno, in tutto quindici, furono le galline a goderne.

Finché, un bel giorno d'ottobre, la nebbia leggera che si levava dalla brughiera come il vapore da una tazza di *consommé*, mentre i fagiani consumavano, come i condannati a morte, i loro ultimi abbondanti pasti, la vigilia di mia madre venne infine premiata. Arrivano gli ospiti, ed è allora che sentiamo il lamento nostalgico, appena accennato, di una fisarmonica mentre su, per il viale d'ingresso, avanza un calesse coperto, ornato di festoni ricamati di *lys de France*.

Alla notizia, mia madre si mette a tremare, si fa strana, le tocca sedersi sulla lastra di marmo, quella dei dolci. Quanto a me, beh, io mi preparo ad incontrare colui che mi ha generato, visto che ho ormai raggiunto l'età in cui un ragazzo generalmente comincia a farsi domande sul proprio padre.

Poi, e questo chi è? Chi è mai quell'essere che trotterella in cucina, che viene a prendere il cestello di ghiaccio richiesto dal duca per metterci dentro le bottiglie che ha portato con sé? È uno sbarbatello della mia età, forse più giovane! E per quanto mia madre cerchi di farsi dire dove mai sia andato a finire un altro ipotetico valletto, un tale che probabilmente, tanto tempo addietro, deve averle fatto tremare la mano e fatto perdere il controllo sul pepe di cayenna, lui sostiene che non capisce il suo pesante accento Yorkshire, scuote il capo, e a gesti fa capire che non la capisce. A quel punto, era la terza volta che le capitava in tutta la vita, mia madre pianse.

La prima volta in assoluto aveva pianto di vergogna perché non le era venuto bene un piatto. Poi, la seconda, aveva pianto di gioia alla vista del suo piccolino ormai in grado di lavorare un impasto per dolci. Questa volta pianse per via di un'assenza.

Nondimeno spedisce il ragazzino dei coltelli a cercare l'aragosta, perché assolutamente deve, e lo farà, accingersi al suo rito autunnale, non fosse altro in nome di una sua personale veglia, una veglia di speranza, o come durante i funerali quando si preparano, in attesa, carni cotte al forno. A quel punto decido di prendere in mano la situazione io, scelgo la via più spedita, il montavivande, molto meglio della scala, per sapere direttamente da questo duca dove può essere andata a finire la persona che aveva a servizio.

È prima di cena, il duca si sta rilassando, s'è fatto sturare un paio di bottiglie e se ne sta seduto di fronte al camino, a scaldarsi i piedi in pantofole (pelle Marocco) e a canticchiarsi canzoni nella sua lingua nativa, tutto avvolto in uno smoking di velluto trapuntato, come quelle giacchettine che infilano ai cani di razza. In vita mia non avevo mai visto un uomo più grasso; a mia madre doveva aver passato, che so, sei, dodici chili, senza sentirne la perdita. Rotondo come la "o" di "rotondo". Certo, la vista del giovane chef che sbucava da un'apertura nei pannelli di cui erano rivestite le pareti della stanza, lo sconcertò non poco, ma poiché era un vero signore evitò di fare un balzo dalla sorpresa e piuttosto mi chiese, con fare soave, prego, desidera? e io nel mio francese migliore, naturalmente da alta gastronomia, il mio *petit poi de française*, biascico e tartaglio:

"Ma il *valet de chambre* che l'accompagnava (*garni de*), tanti anni fa, l'ultima volta che lei venne."

"Oh! Jean-Jacques!" risponde sollecito e aggiunge: "Le pauvre."

Il *museau* rivolto verso il basso, una piccola smorfia lugubre.

"*Une crise de foi. Hélas, il est mort.*"

Sbianco come un'indivia. Lui, da quel perfetto gentleman che è, mi offre un gotto del suo vinello, tutta una bollicina, tanto per tirarmi su il morale, se l'è portato di lontano, dalle sue cantine perché non si fida dei gusti da forno crematorio del Padrone di Casa. Mentre il liquido mi scende giù gorgogliando tra un ruttino e l'altro, sento che sto diventando grande, quel vino mi sta facendo crescere i peli sul petto. Grazie a una seconda bottiglia che con quella rilassata, democratica affabilità, il marchio della vera grande aristocrazia, il duca divide con me, grazie a quella seconda bottiglia, gli faccio il resoconto di quelle che presumo siano state le circostanze del mio concepimento, di come il suo povero *valet de chambre* abbia corteggiato e vinto le grazie di mia madre nel bel mentre dei preparativi di un soufflé d'aragosta.

"Quel soufflé non lo dimenticherò mai" dichiara il duca. "Il migliore che abbia mai gustato. E alla governante avevo detto di congratularsi da parte mia con lo chef e, da quell'autentico, esigente gourmet che sono, avevo suggerito che forse, la prossima volta, ci si andasse con mano più leggera col pepe di cayenna."

Dunque quella era la verità vera! Quella strega malvagia della governante aveva riportato la frase solo a metà!

A quel punto gli racconto il *côté* commovente della storia, di come da allora, a ogni battuta di caccia, mia madre prepari un soufflé d'aragosta in ricordo (così almeno io credo) di Jean-Jacques, e a quel punto sturiamo una terza bottiglia di vino ben frizzante alla memoria del caro estinto finché il duca, la voce appena rotta da una lacrima maschia, mi offre lo spettacolo della grande carica di sensibilità, di commozione che lo possiede e dichiara:

"Sai cosa facciamo, ragazzo mio, mentre la tua maman mi prepara di nuovo il suo famoso soufflé d'aragosta, quale tributo al mio ex valet, scivolerò io, quatto quatto in cucina, io in persona."

"Sir! – tartagliai – ma è troppo! Lei è davvero troppo buono!"

Senza indugio faccio ritorno alla cucina. Mia madre si è appena accinta a preparar la *bechamelle.* Di lì a poco, mentre il burro si scioglie come s'era sciolto il cuore del duca mentre gli raccontavo la storia di mia madre, la porta della cucina s'apre lentamente, piano piano, ed ecco, in punta di piedi avanzare Lui, Lui in persona. Devo dire che, quanto a stazza, non ho mai visto una coppia meglio assortita di loro due. In rispettoso omaggio a questo romantico momento, i componenti dell'esercito cuciniero si voltano e guardano altrove, io però, che quest'incontro l'ho architettato, non so fare a meno di spiare la scena.

Lui le s'avvicina quatto quatto alle spalle, l'indice sulle labbra perché vuole che nessuno faccia rumore, nessuno parli, poi allunga il braccio, e lentamente, molto lentamente con un tatto, una delicatezza infinita, le scivola la mano sui fianchi. Come se una mosca le si fosse poggiata leggera su una natica. Senza muovere, come una cavalla ferma in un prato, lei si limita a un sussulto lieve d'anca, e nel tegame lascia cadere a pioggia, scuotendola leggera, la farina. Anche il duca trema leggermente. Un'espressione infantile gli attraversa quei suoi lineamenti vagamente Bourboneschi, un bambino in un negozio di dolciumi. Sta cercando di sbirciare da dietro le spalle, per vedere cosa stia combinando con la *batterie de cuisine*, ma ecco che l'ingombrante *enbonpoint* di lui le è d'intralcio.

Sarà stato perché voleva che lei si spostasse un briciolo, sarà stato per pagare un tributo alla sua prosperosa avvenenza, fatto sta che a quel punto, con la propria immensa anche se pantagruelica grazia, lui *le rompe le uova nel paniere.*

Mia madre emette un sospiro così profondo da spostare il bianco d'uovo montato a neve, nondimeno da artista provetta qual è, non un tremito, neppure minimo, neppure per un secondo le scuote la mano mentre ci versa dentro il rosso d'uovo. Poi quando la mano del duca s'avventura verso l'alto – non un alito di agitazione che faccia vacillare il cucchiaio.

È questo infatti, e voi lo capite bene, il momento cruciale, quello dei sapori. Ed ecco il pepe di cayenna. Esattamente la dose giusta, stavolta, non un granellino in eccesso. Hurrah! Questo soufflé sarà – e poi con un gioco di dita e arabeschi – trasformato in piccolo cerchio che ho disegnato nell'aria con indice e pollice congiunti, in un bacio.

Poi sulla panada, traballando, scende il bianco d'uovo montato a neve; i movimenti del cucchiaio di lei sono veloci e leggeri come quelli di un uccello preso in trappola. A quel punto rovescia il tutto nella terrina del soufflé.

Lui le affibbia un pizzicotto.

Ed è a *quel* punto che lei strilla: "Al diavolo!" E venendo meno alle regole del copione, imbranca il cucchiaio di legno come una clava, e poi sbadadèn, con notevole forza lo pesta sulla testa del duca. Con un gemito sordo lui finisce dritto disteso sul pavimento.

"Eccoti servito" è il suo commento alla forma di lui prostrata. E a quel punto con grande eleganza chiude lo sportello del forno in cui ha infilato il soufflé.

"Perché? Perché? Come hai potuto fare una cosa così?!?" urlo io.

"Perché? Dovevo lasciare che mi rovinasse il soufflé? Non è forse stata nient'altro che una sveltina, l'ultima volta?"

Con il ragazzo dei coltelli sollevo il duca sulla lastra di marmo, poi lo schiaffeggio leggermente, poi gli inumidisco le tempie con lo straccio del forno imbevuto di chablis ghiacciato, e finalmente lui, le palpebre che gli tremano appena, rinviene.

"Quelle femme" è il commento che mormora.

Mia madre non lo degna di uno sguardo, è accovacciata davanti ai fornelli, cronometro in mano.

"Aveva paura che le rovinasse il soufflé" cerco di spiegargli, paralizzato dall'imbarazzo.

"Quale dedizione!"

L'uomo ha l'aria sconvolta. Guarda mia madre come se non volesse togliersela mai più dagli occhi. Mai più. Saltando giù dalla lastra di marmo con l'agilità che la sua corporatura gli permette, si slancia verso di lei, attraversa la cucina e le cade ai piedi, in ginocchio.

"Ti prego, ti scongiuro –"

Ma mia madre non stacca gli occhi dal forno.

"*Ecco*, adesso è servito!" Poi spalancando lo sportello ne fa uscire regale l'unica, la più grande regina di tutti i soufflé. Le ali di lei si aprono come quelle dell'arcangelo, maestose al di sopra della cucina, mentre si solleva alta dalla terrina alla quale solo la forza di gravità sembra legarla. I presenti (circa quarantasette, la brigata cuciniera, più il sottoscritto, più il duca) applaudono entusiasti.

La governante è fuori di sé dalla rabbia quando mia madre, sul calesse coperto del duca, si allontana, alla volta della regale, francese cucina del duca medesimo, ma si consola sotto sotto, all'idea che ora ce la farà a convincere le Lor Signorie a trovarle uno chef nuovo di zecca del genere Soyer o Carême, di quelli che s'attorciglieranno allusivi i baffi e le faran le moine e la coccoleranno a colpi di *gâteau Saint Honoré* quando sarà il suo compleanno, e spesso e volentieri si lasceranno andare, in onor suo, alla preparazione di *babas au rhum*. Le piacciono talmente! Ma sono io – io l'unico erede della cucina, l'unica progenie di mia madre ed ora sto per conseguirne il titolo di successione; oltre tutto, cosa mai potrebbe aver a ridire, la governante? Non è forse vero che sono io il più giovane chef dell'intero paese? Francese (anche se nato nello Yorkshire).

Non è forse vero infatti che sono io il figliastro del duca?

# DELITTO CON ASCIA A FALL RIVER

*Lizzie Borden in tutta fretta*
*Quaranta colpi al padre*
*Diede con — l'accetta*
*E quando capì cosa aveva fatto*
*Quaranta e uno alla madre,*
*stessa arma, — detto fatto.*

Poesia per bambini

Fall River, Massachusetts, 4 agosto 1892. Molto presto, il mattino.

Caldo, caldo, caldo da morire... è ancora il primissimo mattino e già a quest'ora, molto prima che risuoni alta la sirena della fabbrica, un tremolio lucido, un bagliore incerto riveste ogni cosa, sotto la luce bianca, crudele del sole alto nell'aria immobile.

Agli abitanti di Fall River non è mai riuscito di venire a patti con quelle torride, umide estati – quelle estati che è soprattutto l'umidità, più del caldo, a rendere insopportabili, quando la temperatura torrida ti resta appiccicata addosso come una febbre che non t'abbandona. Gli indiani, che un tempo vissero qui, avevano il buon senso di spogliarsi degli abiti di pelli che avevano indosso, quando arrivava il caldo e di starsene a bagno negli stagni, immersi nell'acqua fino al collo; non così gli eredi dei santi industriosi e repressi che in massa importarono l'etica protestante in un paese che era in realtà nato per la siesta. Essi sono tanto orgogliosi, quanto orgogliosi di sfidare la natura! In estati come questa, a qualsiasi latitudine, tutto segue tempi più lenti. Si trascorre l'intera giornata nella penombra, protetti da persiane abbassate, da imposte chiuse; si indossano abiti piuttosto larghi, quanto basta a far sì che la temperatura del corpo, più bassa di quella dell'aria, ne rinfreschi la superficie, allorquando a tratti il corpo si muove. Ma l'ultima decade del secolo scorso ci ritrova, da queste parti, all'apice dell'alta industriosità; in breve tutto sarà un gran trambusto e gli uomini scenderanno nella fornace del mattino coperti dalla testa ai piedi, tutti ravvoltolati in rigide camicie indossate su biancheria di flanella, con sopra panciotti, giacche e pantaloni di robusta stoffa di pura lana, e come se non bastasse, soffocandosi con le loro stesse mani, essi si stringeranno intorno al collo cravatte rigide come una garrotta. Per loro infatti disagio è sinonimo di virtù.

Oggi l'ondata di caldo è al suo apice; è ancora così presto e nel termometro il mercurio, che ha già raggiunto i ventisette gradi, non sembra avere nessuna intenzione di rallentare la sua ascesa precipitosa.

Quanto all'abbigliamento, che le donne se la cavassero meglio degli uomini è pia illusione. Proprio questa mattina, quando, dopo aver fatto colazione e sbrigato un paio di faccende di casa, Lizzie Borden ammazzerà i genitori, avrà indosso, e si sarà appena alzata, un semplice grembiule di cotone – ma sotto, una lunga sottoveste di cotone inamidato; e un'altra ancora più corta e anche quella sarà inamidata; poi mutandoni; e calze di lana; e una camicia; e infine un bustino di stecche di balena che le attanagliano le viscere, stringendogliele forte forte. Tra le cosce anche una pezza di stoffa molto spessa, perché Lizzie è, al momento, mestruata.

Così infagottata, per di più indisposta e nauseata, nel caldo demenziale della mattina, il ventre serrato in una morsa, Lizzie farà scaldare sul piano di una stufa un piatto ferro da stiro e con quel ferro bollente stirerà fazzoletti fino a quando sarà per lei arrivato il momento di scendere in cantina, prendere dalla catasta di legna l'accetta che, da sempre, la nostra immaginazione le fornisce in dotazione. Da sempre, come, da sempre, ci rappresentiamo Santa Caterina che gira sulla ruota di tortura, l'emblema della sua passione.

Di lì a poco, con addosso la stessa quantità di capi d'abbigliamento che ha indosso Lizzie, anche se i suoi sono meno raffinati, Bridget, la giovane serva, rovescerà del cherosene su un foglio del giornale di ieri accartocciato con un paio di legnetti. Appena il fuoco sarà pronto, preparerà la colazione; più tardi, quando laverà le stoviglie del mattino sarà il fuoco soffocante a tenerle compagnia.

In un completo di rascia, che solo a guardarlo ti mette addosso caldo e prurito, il vecchio Borden s'aggirerà per la città sudaticcia, grufolando alla ricerca di affari, come un cane da tartufi, fino a quando farà ritorno a casa così da non mancare l'importante appuntamento che ha con il suo destino.

Tuttavia a questo punto della storia non si è ancora alzato nessuno, non c'è ancora nessuno in giro, perché è ancora molto presto, la sirena della fabbrica non è ancora suonata, l'immobilità della stagione calda è totale, il cielo già bianco, la luce vuota di ombre della Nuova Inghilterra livida come raffiche dall'occhio di Dio, e il mare, bianco, e il fiume, bianco.

Nel caso avessimo quasi del tutto dimenticato il disagio fisico, il prurito, che i pesanti indumenti del passato davano a chi li indossava, e insieme gli effetti corrosivi che avevano sul sistema nervoso, una sorta di disagio fisico perenne, allora, grazia ricevuta, avremmo anche dimenticato gli odori del passato, i miasmi domestici: carni mal lavate; biancheria intima cambiata con scarsa frequenza; vasi da notte in camera da letto; secchi per l'acqua sporca; servizi igienici le cui tubature lasciavano molto a desiderare; cibo che andava a male; denti trascurati. Quanto alle strade, non eran certo meglio degli interni delle case: il fetore acre e onnipresente dell'urina e dello sterco di cavallo, il puzzo improvviso di una morte lontana nel tempo che fuoriesce dalle macellerie, l'orrore amniotico delle pescherie.

Si inzuppavano i fazzoletti nell'acqua di colonia e li si premeva contro il naso. Ci si inondava di Violetta di Parma così che al puzzo del marcio delle carni che sempre si portava con sé, si sovrapponesse quello del laboratorio dell'imbalsamatore. Si odiava l'aria che si respirava.

A Fall River ci sono cinque esseri umani che dormono un sonno profondo, in una casa di Second Street. Del gruppo fanno parte due vecchi e tre donne. Al primo dei due vecchi appartengono tutte e tre le donne, per via di matrimonio, paternità o contratto. La casa, che anche gli appartiene, è stretta come una bara ed è così che s'è fatto i soldi – un tempo era stato becchino, ma di recente ha esteso il proprio giro d'affari in parecchie direzioni e tutte le direzioni in cui s'è mosso, tutti i rami delle sue molteplici attività, hanno dato copiosi frutti, un raccolto assai gratificante sul piano economico.

Tuttavia, vedendone l'abitazione, non ti verrebbe da pensare che il Vecchio Borden possa essere un uomo di successo, né tanto meno che sia particolarmente ricco. Nella casa minuscola e squallida, in cui si fatica a muoversi, manca qualsiasi forma di comodità – "una casa senza pretese" – ne direbbe un suo parassita servile – anche se Second Street ha visto, in tempi passati, giorni migliori. L'abitazione dei Borden – si veda la targa di ottone accanto alla porta con inciso in elegante corsivo "Andrew J. Borden" – è leggermente isolata ed ha, ai lati, un paio di metri scarsi di terreno. Sulla sinistra c'è la stalla, ormai in disuso da quando è stato venduto il cavallo. Sul retro crescono dei peri, che sono carichi, di questa stagione.

Questa mattina in particolare, così ha voluto la sorte, solo una delle due ragazze Borden sta dormendo in casa del padre. Emma Lenora, la primogenita, se ne è andata da qualche giorno a New Bedford, poco distante, a respirare la brezza dell'oceano e così eviterà il massacro.

Sono pochi quelli della loro classe sociale che restano durante i mesi bollenti di giugno, luglio, agosto a Fall River, nondimeno sono pochi quelli della loro classe sociale che vivono in Second Street, nella parte bassa della città dove il caldo s'addensa e ristagna come una nebbia fitta. Anche Lizzie era stata invitata a raggiungere un'allegra brigata di ragazze, in una casa estiva sul mare, ma quasi a mortificare la carne, come se importanti faccende la trattenessero nella città spossata, come se una fata maligna l'avesse paralizzata in Second Street, no, lei non c'è andata.

Il secondo dei due vecchi è un parente alla lontana dei Borden. Non vive qui; è venuto a trovarli, di passaggio, è uno spettatore casuale, irrilevante.

Cancelliamolo dal copione.

Sebbene la sua presenza nella casa maledetta sia storicamente indiscutibile, i colori di questa apocalisse domestica che sta per aver luogo non possono presentare sfumature e il disegno dovrà essere semplificato al massimo, così da rendere al meglio il suo emblematico effetto.

Dunque, cancelliamo John Vinnicum Morse dal copione.

*Un* solo vecchio e due delle sue donne stanno dormendo in Second Street.

L'orologio del Municipio manda ronzii e crepitii leggeri, i prolegomeni del primo tocco, le sei; all'unisono la sveglia di Bridget fa un sobbalzo leggero e un click mentre la lancetta dei minuti barcolla incerta per sovrapporsi a quella delle ore; ecco che il martelletto rincula nervoso, è sul punto di colpire la campanella sita in cima alla sveglia, ma le palpebre umide di Bridget non fremono inorridite, perché Bridget non ha alcuna premonizione di ciò che sta per succedere; giace su un letto di ferro, sotto un lenzuolo sottile, avvolta in una camicia da notte di flanella sudaticcia, giace supina, come le hanno insegnato le buone suore, nella sua adolescenza irlandese, così che il becchino facesse meno fatica, nel caso fosse morta durante la notte.

Nel complesso è una brava ragazza, anche se a volte le vien fuori un caratterino che lascia a desiderare e così risponde male alle signore, a volte, e poi le tocca confessare al sacerdote di aver peccato di insofferenza. Spossata dal caldo e dalla nausea — perché oggi tutti gli abitanti della casa si sentiranno male al risveglio — farà ritorno, più tardi nella mattinata, al suo lettino. E mentre di sopra lei gode furtiva di qualche minuto di riposo, si scatenerà il pandemonio, da basso.

Un rosario di vetro marrone, poggiata a un cartone un'immagine a colori della Vergine acquistata in un negozio portoghese, infine una foto sgualcita della figura solenne di sua madre in Donegal – questi oggetti sono disposti o appoggiati sulla mensola del camino che, per quanto inclementi siano gli inverni in Massachusetts, non ha mai visto un solo stecco di legno acceso. Ai piedi del letto, in un baule di latta ammaccato, sono raccolti tutti i beni terreni di Bridget.

Accanto al letto una sedia dal rigido schienale, sulla sedia un candeliere, fiammiferi e la sveglia che riecheggia nella stanza con un alterno clangore metallico, perché – e ci scherzano sempre sopra Bridget e la sua signora – Bridget sarebbe in grado di dormire a dispetto di tutto, *proprio di tutto*, dunque le è necessaria la sveglia oltre e insieme alle sirene della fabbrica che sono sul punto di esplodere, sul punto di esplodere, proprio in questo preciso istante...

Su un portacatino d'abete scheggiato sono posati la brocca e il catino che lei tuttavia non usa mai; non le toccherà per caso trascinarsi l'acqua su, fino al terzo piano, semplicemente per darsi una lavatina veloce? Certo non quando nell'acquaio in cucina c'è acqua quanto basta.

Il Vecchio Borden non pensa che ci sia assolutamente bisogno di bagni. Non ha nessuna fiducia nell'immersione totale. Perdere gli oli che il corpo produce naturalmente equivale per lui a derubare il proprio corpo.

Un riquadro di specchio senza cornice riflette in piccole onde che s'increspano un portasapone sbrecciato che contiene una gran quantità di forcine nere.

Sui rettangoli lucenti delle persiane di carta telata si muove elegante l'ombra degli alberi di pere.

Per quanto in camera Bridget abbia lasciato una fessura aperta della sua porta, nella speranza vana di lasciarvi penetrare un filo di corrente, tutto il caldo che il giorno prima si è riversato sulla casa si è andato a concentrare nel sottotetto in cui dorme. Come un velo di forfora, scaglie di biacca consunta scendono dal soffitto, dove una mosca geme desolata.

Un miasma pesante di sonno, dall'odore dolciastro e stagnante riempie la casa. L'immobilità e il silenzio sono totali. Non c'è nulla che muova, fatta eccezione per il fruscio noioso di quella mosca. Immobilità e silenzio sulla scala. Immobilità e silenzio all'esterno, contro le imposte. Immobilità e silenzio mortale nella stanza in basso, dove il signore e la Sua Signora dividono il letto matrimoniale.

Se solo le tende fossero aperte o la lampada ad olio accesa, si noterebbe la differenza tra questa stanza e l'austerità della stanza della serva.

Qui c'è un tappeto chiazzato di fiori dalla forma e dal colore decisi, anche se il tappeto è da due soldi e il disegno sgargiante; sulla carta che ricopre le pareti, anche se la carta era già lì quando i Borden andarono a vivere in quella casa, fiori color malva, ocra, e rosso ciliegia violento. Un cassettone con un altro specchio che deforma ciò che vi si riflette; in questa casa non c'è un solo specchio che non restituisca un volto senza distorcerne i lineamenti. Sul cassettone, un tappetino ricamato di non-ti-scordar-di-me; sul tappetino, un pettine d'osso cui mancano tre denti, cosparso da un intreccio leggero di capelli grigi, una spazzola dal dorso di legno imitazione ebano e una quantità di centrini di pizzo su cui poggiano scatolette di porcellana con dentro spille di sicurezza, reticelle per capelli ecc. Il piccolo chignon che Mrs Borden applica, per le sue acconciature diurne, allo scalpo ormai devastato dalla progressiva calvizie, giace arrotolato su di sé, come il cadavere di uno scoiattolo. Tuttavia nella stanza non esistono tracce di universo maschile perché lui ha uno spogliatoio tutto suo, al di là di *quella* porta, sulla sinistra...

E quell'altra porta, quella vicina?

Quella conduce alla scala sul retro.

E quell'altra porta ancora, in parte nascosta dalla testiera del pesante letto di mogano?

Se non fosse accuratamente sprangata, condurrebbe alla stanza di Miss Lizzie.

Una peculiarità della casa è il numero di porte che ogni stanza ha e, peculiarità ulteriore, il fatto che tutte le porte siano regolarmente chiuse a chiave. È una casa tappezzata di porte chiuse a chiave che si aprono su altre stanze unicamente attraverso altre porte chiuse a chiave perché, sia al piano di sopra che a quello di sotto, tutte le stanze sono collegate l'una all'altra, come un labirinto in un brutto sogno. È una casa priva di corridoi, in cui non esistono zone che non siano segnate quali territori strettamente personali di chi le ha abitate; è una casa cui mancano tra una stanza e quella ad essa attigua spazi comuni, luoghi di incontro tra le persone che l'abitano. È una casa in cui ogni vita è così rinchiusa su di sé da sembrare sigillata, come ceralacca su un documento legale.

L'unico accesso alla stanza di Emma passa attraverso la camera di Lizzie. Quella di Emma non ha via d'uscita. È un vicolo cieco.

L'abitudine che i Borden hanno di sprangare le porte, dal di dentro e dal di fuori, risale a qualche anno addietro, era poco prima che Bridget prendesse servizio presso di loro, quando la casa venne forzata e derubata. Una persona di cui non si conobbe l'identità penetrò dalla porta laterale mentre Borden e sua moglie si erano allontanati per uno dei loro rari viaggi insieme. Lui l'aveva caricata su un calesse ed erano partiti alla volta di una fattoria che possedevano a Swansea, volevano assicurarsi che il fittavolo non li stesse imbrogliando. Le ragazze erano rimaste a casa, nelle rispettive stanze: schiacciavano pisolini nei rispettivi letti, ricucivano orli strappati, rinsaldavano bottoni che si erano allentati, curavano la corrispondenza, progettavano pii atti di carità nei confronti di quei poverelli che ne sarebbero stati degni; infine fissavano, lo sguardo sbarrato, il vuoto.

Indifferentemente.

Non riesco a immaginare che altro potessero fare.

Ciò che le ragazze fanno quando sono sole è qualcosa che va al di là della mia immaginazione.

Emma è di gran lunga più misteriosa di Lizzie, perché di lei sappiamo molto di meno. È uno spazio incolore. Non ha vita. La porta della sua stanza conduce esclusivamente nella stanza di sua sorella.

"Ragazze", mi pare ovvio, è un eufemismo. Emma ha passato da un pezzo i quaranta, Lizzie i trenta, ma non si sono sposate e dunque vivono in casa del padre dove conducono un'esistenza irreale, un prolungamento dell'infanzia.

Mentre il padrone di casa e la sua signora sono lontani e le ragazze addormentate o in qualche altra occupazione impegnate, una o più persone la cui identità rimarrà ignota salirono in punta di piedi la scala sul retro che conduceva alla stanza matrimoniale, e s'intascarono l'orologio d'oro di Mrs Borden con tanto di catena e una mazzetta di dollari arrotolati che il Vecchio Borden teneva nel terzo cassetto del cassettone sulla sinistra, sotto una pila di biancheria intima maschile, mutandoni fino alla caviglia e maglia della pelle tutti d'un pezzo. L'intruso cercò di forzare anche la serratura della cassaforte, un ceppo informe nero, di ferro come quello del boia o come un altare, ordinatamente piazzato accanto al letto, dalla parte del Vecchio Borden; tuttavia per penetrare adeguatamente la cassaforte ci sarebbe voluto un piede di porco e l'intruso invece l'affrontò con un paio di forbicine per unghie che si trovavano lì, a portata di mano, sul cassettone e così *quella* non si aprì.

Dopo di che l'intruso pisciò e cacò sulla coperta del letto dei Borden, mandando tutto in frantumi, s'intrufolò nello spogliatoio del Vecchio Borden per sferrare un assalto crudele e maligno sull'abito per le cerimonie funebri che teneva appeso in vapori bui e canforosi sul fondo dello spogliatoio; usò per quell'assalto le stesse forbicine di cui si era servito per aprire la cassaforte (ora, spaccate in due, le forbicine giacevano abbandonate sul pavimento), poi tornato sui suoi passi era sceso in cucina, aveva mandato in frantumi la giara della farina, quella della melassa e infine, con il pezzo di sapone che stava posato in permanenza di fianco al lavandino del retrocucina, scribacchiato un paio di oscenità sulla finestra del salotto.

Orribile pasticcio! Vagamente sorpresa Lizzie fissò la finestra del salotto; sentì la porta schermata che pigra sbatteva avanti e indietro, un movimento ritmico continuo, anche se non c'era un filo d'aria.

E cosa ci faceva lei, in mezzo al soggiorno, con addosso nient'altro che il corsetto? Come ci era arrivata? Era forse scesa silenziosamente quando aveva sentito la porta sbattere? Non ne aveva la minima idea. Non riusciva a ricordarselo.

Ecco come era capitato: tutt'a un tratto si era ritrovata in salotto, con un pezzo di sapone in mano.

Poi fu come se cominciasse a tornare in sé e soltanto a quel punto cominciò a urlare a squarciagola.

Aiuto! Ai ladri! Aiuto!

Emma scese da basso e la consolò, così come, essendo la maggiore, aveva fatto da quand'erano bambine. Fu Emma a ripulire il tappeto del soggiorno dalla farina, dalla melassa che Lizzie, trascinando i piedi nudi, si era portata dietro dalla cucina, sonnambula in trance. Ma né dei gioielli né dei dollari che erano scomparsi fu mai più trovata traccia.

Non sono in grado di raccontarvi l'effetto che il furto e lo scasso ebbero su Borden. Ne rimase completamente sconvolto; senza parole. Fu come se l'avessero stuprato. Sì, come se si trattasse di violenza carnale. L'incrollabile fiducia che Borden aveva nell'innata integrità del mondo gli fu, da quel momento in avanti, sottratta per sempre.

L'episodio li disturbò al punto che, per discuterne, i componenti della famiglia ruppero il silenzio che di solito mantenevano l'uno nei confronti dell'altro. La colpa, ovvio, ricadde sui portoghesi, ma altre volte sui franco-canadesi. E se il senso dell'oltraggio patito non diminuì col tempo, anzi rimase immutato, il suo epicentro variava a seconda degli umori generali, per quanto fosse sempre nei confronti di stranieri o degli ultimi arrivati che si puntava accusatore il dito dei Borden, nei confronti di coloro che vivevano nei raccapriccianti bastioni degli alloggiamenti dalla fabbrica destinati agli operai, pochi squallidi isolati lontano da dove loro abitavano. I sospetti non riguardavano sempre ed esclusivamente tristi e oscuri stranieri; a volte pensavano che il colpevole potesse tranquillamente essere uno degli operai che dall'insolente Lancashire, attraversato l'oceano, si erano appena trasferiti colà. Poteva essere stato uno di loro ad aver commesso il misfatto, visto che ogni proprietario di bassifondi ha sempre un paio di amici che fan parte del mondo del crimine.

Tuttavia che possa trattarsi di un caso di "poltergeist" passa per la mente a Mrs Borden, anche se lei non conosce la parola; quello che tuttavia sa è che la sua figliastra più giovane è una ragazza un po' particolare e che, gliene venisse voglia, riuscirebbe a far ballare i tavoli, per puro dispetto. Ma il Vecchio adora sua figlia. Ed è probabile che proprio a quel punto della storia, cioè dopo lo sconvolgimento provocato dallo scasso, decida che la ragazza ha assolutamente bisogno di cambiar aria, che dunque le farà bene una buona dose di aria di mare, un lungo viaggio, infatti è proprio allora, dopo quell'episodio, che decide di farle fare il gran tour.

Dopo lo scasso, ogni qualvolta gli abitanti della casa se ne allontanavano giusto quel tanto che bastava loro per arrivare nell'orto e raccogliere un cesto di pere cadute, naturalmente quand'era il momento giusto, oppure quando la serva usciva per stendere un capo o due di bucato, oppure ancora quando, dopo cena, il Vecchio Borden, andava a farsi un'ultima pisciatina contro un albero, allora, entrambe le porte, sia quella d'ingresso, sia quella laterale, venivano chiuse a chiave a tre mandate.

Ed è a quest'epoca che risale anche la consuetudine di chiudere a chiave tutte le porte delle camere da letto dal di dentro, quando uno vi si trovava, o dall'esterno quando uno ne era fuori. La mattina il Vecchio Borden chiudeva a chiave la sua e quando scendeva andava a mettere la chiave sul ripiano della cucina, che fosse ben in vista per tutti.

Fu proprio quel furto con scasso che fece capire al Vecchio Borden quanto evanescente e incerta fosse la natura della proprietà privata. Fu dunque da quel momento in avanti che si buttò a capofitto in un'orgia di investimenti. Da allora prese ad impiegare il surplus del suo capitale in mattoni e malta di prima qualità, perché chi ce la fa a tirare avanti con un isolato d'uffici?

Proprio a quell'epoca, in una certa strada, nel cuore della città, scadettero un certo numero di contratti d'affitto e Borden ci si precipitò a testa bassa. Era lui il padrone dell'intero isolato. Lo fece radere al suolo. E a quel punto pianificò l'edificio Borden, un edificio di negozi e uffici, costruito in mattone rosso scuro e pietra color bronzo fondo, con particolari in ghisa, da cui avrebbe ricavato, mietitura perenne, un ricco raccolto di affitti invendibili.

Quel suo monumento, come quello di Ozymandias, gli sarebbe sopravvissuto a lungo – e, in verità, è ancora là, solido ed elegante, l'edificio Andrew Borden, in South Main Street.

Mica male per un venditore ambulante di pesce, vero?

Infatti, per quanto "Borden" sia un vecchissimo cognome della nuova Inghilterra, per quanto il clan dei Borden possedesse – in famiglia – la parte migliore di Fall River, il nostro Borden, il Vecchio Borden, il Borden cioè della nostra storia, non discendeva da uno dei rami benestanti della famiglia. C'erano Borden e Borden e lui era il figlio di uno che, di casa in casa, andava in giro a vendere pesce appena pescato, in un cesto di vimini. La parsimoniosità del Vecchio Borden che aveva dunque radici nella povertà, si era tuttavia rinvigorita nell'agio, infatti la parola frugalità ha per i poveri un significato diverso; non dà loro nessuna gioia, perché è necessità nuda e cruda. Chi ha mai sentito parlare di uno spilorcio che fosse senza il becco di un quattrino?

Cupo e scontroso, quest'uomo che si è fatto tutto da sé, ha un solo piacere, un'unica vocazione nella vita, quella di accumulare capitale.

E il suo hobby?

Beh! Il suo hobby, ucci... ucci, far farina per far pane, con la carne di quei disgraziati cristianucci!

Innanzitutto, Andrew Borden un tempo faceva il becchino e la morte, che in lui aveva riconosciuto un complice, gli aveva fatto fare strada. D'altra parte nella cittadina che produceva lunghe pezze di stoffa, erano ben pochi quelli che campavano a lungo; erano soprattutto i bambini, che lavoravano come schiavi negli stabilimenti, a morire con grande regolarità e frequenza. Quando faceva lui il becchino, no! – e non era neppure vero che amputasse i piedi ai cadaveri così da riuscire a farli stare in una certa partita di bare comprate a buon mercato, le bare che la Guerra Civile aveva lasciato inutilizzate! Quelle erano nient'altro che dicerie messe in giro da chi non gli voleva bene!

Con i guadagni ricavati grazie alle bare, si comprò un paio di edifici, erano case popolari, e fu così che riuscì a far altri soldi, sulla pelle dei vivi. Acquistò azioni degli stabilimenti tessili.

Poi investì denaro in un paio di banche e così oggi è il denaro che gli frutta denaro, la più pura, quest'ultima, tra tutte le forme di profitto.

Ipoteche inestinguibili e sfratti sono pane per i suoi denti. Non c'è nulla al mondo che adori più di un pizzico di usura. Non è ancora arrivato al suo primo milione di dollari, ma è già a metà strada.

La sera, per risparmiare sul cherosene, siede al buio, niente lampade. I suoi peri li bagna con l'urina; che non manchi nulla, purché nulla vada sciupato. Così, la mattina, non appena ha finito di leggere i quotidiani, li strappa in pezzi quadrati, geometrici e li ripone nel gabinetto in cantina, così che tutti possano pulirsi il sedere. È la perdita dei rifiuti organici, che il water ingoia con l'acqua, l'oggetto del suo più grande cordoglio. E gli scarafaggi che abitano in cucina? Anche a quelli vorrebbe far pagare un affitto. Nondimeno tutto questo non ha contribuito a fargli metter su ciccia; la fiamma pura della sua passione gli ha sciolto le carni, ed è proprio per via della sua parsimoniosità, perché non esista nessuna forma d'eccesso, che la pelle gli sta appiccicata alle ossa. Può essere stato il suo primo mestiere a conferirgli un certo portamento; così, quando cammina, lo fa con la compostezza dignitosa di un carro funebre.

Solo a guardarlo, quando lungo la strada ti veniva incontro, incuteva un rispetto immediato per la morte, di cui pareva lo sparuto ambasciatore. Il momento poi in cui l'uomo era finalmente riuscito a camminare su due gambe, invece che a quattro, doveva essere stato un trionfo strepitoso sulla natura! Anche questo ti faceva venire in mente! Un trionfo strepitoso! Perché lui si reggeva ritto con tale assertività, con tale imponente rigidezza da ricordare a tutti coloro che lo guardavano incedere quanto *innaturale* per l'uomo fosse la posizione eretta e quale trionfo della volontà sulla legge di gravità essa fosse. Una sorta di trascendenza dello spirito sulla materia.

La spina dorsale è come una barra di ferro, forgiata artificialmente. È come se non si fosse formata naturalmente durante la gestazione, perché è impossibile immaginarsi la spina dorsale del Vecchio Borden ripiegata e avvoltolata su di sé a forma di C: il feto nel ventre della madre. Camminava come se le gambe, al ginocchio e alla caviglia, fossero prive di giunture così che i suoi passi risuonavano alti e violenti sulla terra che trema sotto i loro colpi, come trema la porta sotto i colpi prepotenti di un ufficiale giudiziario che bussa.

Ha una antiquata barbetta bianca, fuorimoda già per i suoi tempi, una sorta di soggolo che gli cinge il mento. È come se si fosse rosicchiato via le labbra da solo, e non ci fossero più. È in pace con il suo dio perché ha impiegato le sue energie e messo a profitto il suo talento esattamente come la Bibbia gli chiedeva di fare.

Nondimeno, anche lui ha il suo tallone d'Achille. Come il Vecchio Lear, il suo cuore – e come se non bastasse il suo libretto degli assegni – si scioglie come neve al sole di fronte all'ultima nata, la figlia più giovane.

Al mignolo – non lo si riesce a vedere, perché è nascosto dalle coperte – porta un anello d'oro, non una fede nuziale, ma uno di quegli anelli che i ragazzi portano al ginnasio, un ninnolo assai singolare per un avaraccio tristo notoriamente e straordinariamente misantropo quale egli è. La figlia più piccola glielo ha regalato quando è finita la scuola e gli ha chiesto di portarlo, sempre, dunque lui non lo sfila mai, e se lo porterà nella tomba, in quella tomba in cui lei sta per spedirlo di lì a poco, proprio oggi, durante il mattino di questa giornata rovente.

Dorme vestito di tutto punto, una camicia da notte di flanella che ricopre la maglia di sotto con tanto di manica fino al polso, porta anche un berretto di flanella, e dà le spalle alla moglie, così come lei a lui, da trent'anni a questa parte.

Sono Mr e Mrs Jack Spratt in persona, lui alto e sparuto come un giudice, di quelli che mandano alla forca. Quanto a lei, una palla rotonda di pasta per fare il pane, che va lievitando. Lui è uno spilorcio, lei, invece, lei è una ghiottona, una che mangia di nascosto, dedita alla più innocente delle pratiche viziose, nondimeno l'ombra di lui, in altre parole una sorta di parodia del vizio che affligge il marito. Infatti lui vorrebbe in verità divorarsi il mondo intero o, nell'impossibilità di farlo, visto che il destino non gli ha imbandito un tavolo sufficientemente grande per le ambizioni che lo consumano, come un Napoleone silenzioso e senza gloria, ignaro di ciò che gli sarebbe riuscito di combinare dal momento che non gliene è mai stata offerta l'opportunità – lui, poiché non gli è dato accesso al mondo intero, beh!, lui vorrebbe ingoiarsi la città di Fall River al completo. Quanto a lei, come dire?, con grazia e meticolosità s'ingozza quanto può; ha sempre qualcosa in bocca, in continuazione, e va ruminando quanto ha già mangiato.

D'altra parte, in mancanza d'altro, non è che tale attività le procuri chissà quale piacere; lei non è certo una autentica buongustaia, una grande intenditrice di cibi che passi il tempo a riflettere sulla differenza squisita che passa tra una maionese avvivata da qualche goccia di aceto d'Orléans e una insaporita invece da qualche goccia di succo di limone. No. Abby non ha mai mirato tanto in alto, né tanto meno si sognerebbe di farlo se le fosse data la possibilità; si accontenta di restare ben salda sulla posizione della golosità e rifugge da qualsiasi implicazione di sensualità che l'abbandono al piacere del cibo possa sottendere. Dal momento che non c'è boccone del cibo che mangia che le dia realmente piacere, lei sa che la golosità perenne che l'affligge non è assolutamente peccato.

Ed eccoli lì, a letto, insieme, incarnazioni viventi di due dei Sette Peccati Capitali. Tuttavia lui sa con certezza che la sua avarizia non è peccato, perché non spende un centesimo e lei sa di non essere ghiotta, perché in ogni caso la sbobba di cui si ingozza la rende dispeptica.

Ha una cuoca irlandese e il tocco poco leggero e assai sbrigativo che Bridget ha in cucina soddisfa qualsiasi suo tipo di criterio culinario. Pane, carne, cavolo, patate – il cibo pesante con cui è cresciuta è per Abby il cibo ideale. Così, con grande allegria Bridget scodella sul desco serale gran piatti di cibi bolliti, pesce, porridge, pasticci di granoturco, focacce ancora di granoturco e biscotti fatti in casa.

Ma quei biscotti... dio mio! è lì che tocchi con mano il punto debole di Abby. Biscotti di melassa, biscotti di avena, biscotti con l'uvetta. Tuttavia è quando ha di fronte uno di quei morbidi biscotti al cioccolato, che le si appiccicano leggermente alle dita, che sembra trasudino cioccolato appunto, è proprio allora che le prende un senso quasi di nausea, che prova la sensazione di aver oltrepassato il limite, girato quell'angolo dietro cui l'attende il peccato, a meno che lo stomaco non le si contragga immediatamente, non le rimorda come una coscienza sporca.

La camicia da notte in flanella ha la stessa foggia di quella che indossa lui, un'unica differenza, intorno al collo, lei ha una rouche di flanella moscia. Pesa novanta chili.

È alta un metro e mezzo. Dalla parte in cui dorme lei il letto cede. È il letto in cui è morta la prima moglie.

Ieri sera, per via dell'indisposizione che per tutta la notte prima li aveva fatti vomitare, senza far loro chiudere occhio, hanno preso olio di castoro; gli effetti della purga sono stati talmente copiosi che l'orlo dei vasi sotto il letto trabocca. Basterebbe quello a far svenire una cloaca.

Giacciono dandosi la schiena. Ci potresti mettere una spada in mezzo, tra il vecchio e sua moglie, tra la spina dorsale di lui, l'unica parte rigida che le abbia mai offerto, e l'enorme, morbido, tiepido deretano di lei. La purga li ha messi fuori combattimento. I loro volti, nel buio lugubre della camera in cui – dietro le tende tirate – l'aria è talmente greve che neppure le mosche riescono a muoversi, appaiono di un verde marcescente.

Dietro la porta chiusa a chiave, la figlia più giovane sogna.

Ecco a voi la bella addormentata!

Ha spostato il lenzuolo lontano dal corpo, la finestra è spalancata, ma non c'è un filo d'aria, questa mattina, che muova con tremiti leggeri e sensuali la zanzariera. Vivido il sole colora le imposte così che, nella luce che ha lo stesso colore della biancheria, si disegna l'abbigliamento notturno di Lizzie, lo stesso della sua levée, una graziosa camicia da notte di mussola increspata, bianca e inamidata, con nastri di raso color rosa pastello, infilati nei minuscoli occhielli del pizzo, perché non è forse vero che stiamo vivendo i "peccaminosi anni Novanta" ovunque, tranne che a Fall River? Non è forse vero che, con i loro interni in mogano e la gran profusione di lampadari, le dorate navi a vapore della Fall River Line ci ricordano il lusso, lo sperpero sfarzoso dell'Età Dorata? Pure, non è forse altrettanto vero che è *lontano* da Fall River che quelle navi si dirigono, altrove, alla volta di luoghi in cui davvero regna la Belle Epoque? A New York, Parigi, Londra, esplodono tappi di champagne, a Monte Carlo le banche sono prosciugate e le donne si lasciano andare sensuali, in fruscianti sottabiti, vaporosi come meringhe. Lo fanno per divertimento oppure per profitto, ma mai a Fall River. Oh, no. Così, nel segreto perenne e irraggiungibile della sua camera da letto, soltanto per se stessa, Lizzie, come una ragazza ricca, indossa una graziosa camicia da notte, non importa che la casa in cui vive sia squallida, perché lei infatti, anche lei, è una ragazza ricca.

Ma è una ragazza semplice.

L'orlo spiegazzato della camicia da notte le è salito fino sopra il ginocchio, perché Lizzie ha il sonno agitato. Nell'aria disidratata, liberatisi dalla treccia in cui erano stati raccolti per la notte, i chiari capelli secchi, dai riflessi appena ramati, mandano leggeri elettrici crepitii e s'increspano con un balbettio incerto sul cuscino quadrato al quale, sdraiata a pancia in giù, lei s'abbraccia, stretta, la guancia contro la federa inamidata su cui qualche ora prima ha posato il capo alla ricerca di un briciolo di refrigerio.

Lizzie non è un diminutivo affettuoso, ma proprio il nome con cui è stata battezzata. Visto che in ogni caso "Lizzie" sarebbe poi stato il suo vero nome, queste erano state le conclusioni di suo padre, perché mai farle portare il peso di un nome più lungo, ormai sorpassato, arzigogolato, elaborato come "Elizabeth". Avaro in tutti i sensi, lui arrivò al punto di tagliarle via metà del nome, prima ancora di dargliela. E così fu "Lizzie", nudo e crudo, senza fronzoli, e come se non bastasse Lizzie è una bimba orfana di madre, orfana all'età di due anni, povera piccola.

Ora di anni ne ha trentadue eppure il ricordo di una madre che non riesce a ricordare resta per lei una fonte inestinguibile di dolore: "Se solo mia madre fosse vissuta, tutto sarebbe stato diverso".

Come mai? Perché? Diverso in che senso? Persa nella nostalgia di un amore che non aveva mai conosciuto, Lizzie non sarebbe stata in grado di rispondere. Eppure, chi meglio di sua sorella Emma sarebbe stato capace di amarla, Emma, che profondeva tutti i tesori che il cuore di una zitella della

Nuova Inghilterra ha repressi dentro di sé, su di lei, su quel piccolo essere? Diverso, chissà, forse perché la sua vera madre, la prima Signora Borden, avrebbe preso lei, al suo posto, l'ascia con cui colpire il Vecchio Borden? La sua vera madre, preda – come spesso le capitava – di improvvisi, violenti, inspiegabili raptus furiosi. Ma Lizzie *ama* suo padre. Su questo, son tutti d'accordo.

Lizzie adora il padre che a sua volta l'adora e che, dopo la morte della mamma, ha ripreso moglie.

I piedi nudi le si contraggono leggermente, come le zampe d'un cane che sta sognando dei conigli. Ha un sonno leggero, irrequieto, popolato di terrori incerti e minacce imprecise cui lei, al risveglio, non sa dare un nome o una forma. Dentro, il sonno le spalanca una casa abitata da inquiete presenze. Tuttavia, di una cosa sola è certa, che non dorme sonni sereni e anche quest'ultima notte, trascorsa nel caldo soffocante, è stata una notte agitata, disturbata da una nausea vaga, e dai crampi che il suo dolore femminile le procura; la camera sa di aspro, l'odore metallico del mestruo.

Ieri sera è sgusciata fuori casa, è andata a far visita a un'amica. Lizzie era scossa; continuava a cincischiare nervosa le increspature sul davanti dell'abito.

"Ho paura... che qualcuno... qualcuno *stia per fare* qualcosa" disse Lizzie.

"Mrs Borden..." e a questo punto Lizzie abbassò la voce e si guardò intorno nella stanza, gli occhi si posavano ovunque tranne che su Miss Russell... "Mrs Borden – oh! ci vorrà credere? Mrs Borden pensa che qualcuno stia cercando di *avvelenarci*!"

Un tempo si rivolgeva alla matrigna con la parola "madre", come il rispetto esigeva, ma dopo una discussione che riguardava il denaro, dopo che, cinque anni addietro, suo padre le aveva ufficialmente intestato metà dei bassifondi che gli appartenevano, Lizzie in qualsiasi occasione, con fredda scrupolosità, la chiamava "Mrs Borden", quando era costretta a farlo e anche quando lei era presente e doveva rivolgerle la parola, usava la stessa espressione, "Mrs Borden".

"Ieri sera, Mrs Borden e il mio sventurato padre sono stati male! Li sentivo, al di qua della parete. E, quanto a me, non mi sono sentita me stessa per tutto il giorno, mi sentivo così strana. Davvero... molto strana."

E poi c'erano quegli attacchi di sonnambulismo. Fin da bambina ne aveva sofferto di tanto in tanto: attacchi di "malessere anomalo" – era così che nell'idioma di quei tempi e di quel paese venivano chiamati gli scivoloni di comportamento inspiegabili, trance inattese e involontarie, momenti di mancato coordinamento. Quelle occasioni in cui cioè la mente perde un colpo. Miss Russell si affrettò ad offrire una spiegazione che facesse invece appello al raziocinio; trovava imbarazzante ricorrere a quell'espressione "malessere anomalo". Lo sapevano tutti che le ragazze Borden erano ragazze del tutto normali.

"Forse qualcosa che hai mangiato? Deve essere stato qualcosa che avete mangiato. Che c'era per cena? chiese sollecita e gentile Miss Russell.

"Pesce spada riscaldato. Ci è stato servito caldo per pranzo anche se io non son riuscita a mandarne giù molto. Poi Bridget ha fatto riscaldare gli avanzi la sera, ma io, ancora una volta, non son riuscita a mangiarne che una forchettata. Mrs Borden ha finito tutto quello che era avanzato nel vassoio e poi ha anche fatto scarpetta col pane. Come s'è leccata i baffi, ma poi è stata male tutta la notte." (A questo punto, con una nota di compiacimento nella voce.)

"Lizzie cara! È tutta questione di caldo, è colpa di questo insopportabile caldo! Pesce riscaldato! Sai benissimo che il pesce va a male in un amen, con il caldo! Ha fatto molto male Bridget a servirvi pesce riscaldato!"

Come se non bastasse, per Lizzie era anche il momento critico del mese; l'amica lo capiva guardandola in viso, per via dello sguardo vagamente vitreo, dell'aria sciupata. Nondimeno le sue buone maniere non le permettevano di farne cenno. Ma com'era possibile che Lizzie si fosse messa in testa che la famiglia al completo, serva inclusa, fosse presa di mira da forze del male che dall'esterno attaccavano?

"Ci sono state minacce" continuò Lizzie, con ostinazione spietata, guardandosi fissa la punta delle dita. "Sono in tanti, lei lo capisce, a non amare mio padre."

E su questo argomento non poteva certo essere smentita. Miss Russell osservò un educato silenzio.

"Mrs Borden è stata tanto male da mandare a chiamare il medico e papà l'ha insultato, ha alzato la voce, gli ha detto che non gli avrebbe mai pagato la parcella, dal momento che l'olio di castoro noi l'avevamo già in casa. Gliene ha urlate quattro e i vicini hanno sentito e io mi son tanto vergognata. E poi, vede, c'è un uomo..." e a questo punto chinò leggermente la testa, gli occhi bassi, le corte pallide ciglia che le battevano sull'orlo dello zigomo... "un uomo orribile, un uomo *nero*, con le sembianze della morte, sì della morte, sul viso, Miss Russell, un uomo nero che ho visto là fuori di tanto in tanto, davanti a casa, a ore imprevedibili, la mattina presto oppure a notte fonda, e immancabilmente, quando nella penombra mostruosa non mi riesce di dormire, se alzo le persiane e sbircio fuori, eccolo, lo vedo, all'ombra dei peri, laggiù nell'orto, un uomo nero... forse, la mattina, dopo che è passato il lattaio a riempirci il bidone, ci mette il veleno nel latte! O forse avvelena il ghiaccio, quando viene l'uomo del ghiaccio."

"Da quant'è che ti perseguita?" chiese Miss Russell, giustamente sgomenta.

"Da... dalla volta del furto", disse Lizzie guardando ora, all'improvviso, Miss Russell negli occhi, con un che di trionfale. Aveva occhi immensi; sporgenti eppure appannati come da un velo. E le dita delle unghie perfettamente curate continuavano a cincischiare l'abito come se volesse disfare l'increspatura che ne decorava il davanti.

Miss Russell lo sapeva, lo sapeva *con certezza*, che l'uomo altro non era che un fantasma, frutto dell'immaginazione di Lizzie. E tutt'a un tratto perse la pazienza; ma figuriamoci, uomini neri che stazionavano davanti alla finestra della sua camera! Nondimeno la trattò con gentilezza e cercò il modo di rassicurarla.

“Ma Bridget è già in piedi e in circolazione quando passa il lattaio, quando passa l’uomo del ghiaccio e come se non bastasse in strada c’è un grande andirivieni; chi avrebbe mai il coraggio di andare a mettere del veleno nel latte o nel secchio del ghiaccio quando metà degli abitanti di Second Street stanno lì a guardare? Oh, Lizzie, è una settimana terribile, e poi il caldo, il caldo insopportabile ci ha messo addosso a tutti un gran malumore, ci ha resi nervosi, irritabili, indisposti. Non è poi così difficile abbandonarsi a fantasie malate, con un tempo talmente orrido, un tempo che infetta il cibo, inquina e rode il cervello... credevo avessi deciso di andartene per un po’ Lizzie, di andare in riva all’oceano. Non avevi deciso di regalarti una breve vacanza, in riva al mare? Oh, vacci! L’aria del mare spazzerà via tutti questi sciocchi pensieri!”

Lizzie se ne sta lì, il capo fermo, non dà segni né di assenso né di dissenso, continua piuttosto a preoccuparsi della increspatura che le decora l’abito. Non è infatti forse vero che ha affari importanti da sbrigare a Fall River? E non è altrettanto vero che proprio quella mattina è andata al drugstore, dove ha cercato di comperare dell’acido prussico, proprio lei in persona? Ma come fa a dirglielo, come fa a raccontare alla dolce Miss Russell che un’urgenza prepotente, più forte di lei, la costringe a rimanere a Fall River dove ammazzerà i genitori?

Era andata al drugstore, quello all’angolo di Main Street. Voleva acquistare dell’acido prussico, ma nessuno ha voluto venderglielo, e così se ne era tornata a mani vuote. Erano forse state tutte quelle chiacchiere sul veleno, che aveva sentito in casa dove tutti vomitavano, che le avevano fatto pensare al veleno? L’autopsia non ne rintraccerà tuttavia l’ombra nello stomaco di nessuno dei due. Lizzie non aveva cercato di avvelenarli. Ci aveva semplicemente pensato. Tuttavia non era riuscita ad acquistare il veleno. Poiché le era stato vietato l’uso del veleno, cosa poteva a quel punto escogitare?

“E l’uomo nero” continuò rivolta a Miss Russell ormai

restia a darle ascolto. “Oh, ho visto il luccichio della luna su un'*accetta*!”

Al mattino, non riesce a ricordare i sogni che ha fatto. Ricorda soltanto di non aver dormito bene.

La sua è una camera piuttosto graziosa e, viste le dimensioni ridotte della casa, non certo angusta. Oltre al letto e al cassettone, ci sono un divano e uno scrittoio. È la sua camera da letto, e allo stesso tempo il soggiorno, e anche l'ufficio, perché lo scrittoio è coperto di libri dei conti delle varie istituzioni filantropiche con cui lei riempie il tempo libero che certo non le scarseggia. La Missione-Fiori-e-Frutta, sotto i cui auspici va a visitare poveri vecchi abbandonati all'ospedale ai quali porta doni; l'Unione-delle-Donne-per-la-Temperanza-Cristiana in favore della quale raccoglie firme per petizioni contro il Demone Alcool; lo Sforzo-Cristiano, dio solo sa cosa sia – questa è l'età dorata delle opere pie e lei si butta a corpo morto in comitati di tutti i tipi. Che altro resterebbe da fare alle figlie dei ricchi se i poveri sparissero dalla faccia della terra?

C'è anche il Fondo-per-la-Cena-del-Ringraziamento-per-i-Ragazzi-d'Oggi; e l'Associazione-Abbeveratoi-Cavalli; e l'Associazione-per-la-Conversione-dei-Cinesi — non c'è classe, non c'è razza che si salvi dalla sua carità spietata.

Scrivania; toeletta; sgabuzzino; letto; divano. Trascorre le sue giornate in questa stanza, spostandosi da un pezzo all'altro della mobilia secondo un cerchio circoscritto, senza deviazioni, planetario. Adora il suo universo privato, adora la stanza che abita, ci si chiude a chiave dentro per l'intera giornata. In uno scaffale tiene un paio di libri: *Eroi del Campo Missionario*, *Il Fascino Romantico del Commercio*, *Ciò che Katy fece*. Alle pareti, foto incorniciate delle compagne di ginnasio, con romantiche dediche e, infilata in una cornice, la cartolina illustrata di un gattino che sbircia da un ferro di cavallo. Un acquerello di Cape Cod dipinto con dilettantesca ed eccezionale incompetenza. Un paio di fotografie monocromatiche di opere d'arte, una Madonna di Della Robbia e la Monna Lisa; queste le aveva acquistate rispettivamente agli Uffizi e al Louvre quando era andata in Europa.

L'Europa!

Come dimenticare quello che poi Katy fece? L'eroina della fiaba s'imbarcò sul piroscafo alla volta di Londra, fumosa e vecchia, alla volta di Parigi, affascinante ed elegante, di Roma, antica e solare, e infine Firenze. L'Europa si apre ai suoi occhi come un'interessante sequenza di diapositive, in una lanterna magica, proiettate su uno schermo gigante. Tutto è vero, presente e insieme irreale. La Torre di Londra; click. Notre Dame; click. La Cappella Sistina; click. Poi si spengono le luci e ancora una volta lei sprofonda nel buio.

Di quel viaggio ha conservato soltanto i souvenir meno compromettenti, la Madonna, la Monna Lisa, riproduzioni di oggetti d'arte che l'approvazione critica aveva universalmente consacrato tali. Se fosse tornata a casa con una valigia piena di ricordi con su scritto "Da ricordare per sempre", avrebbe dovuto nasconderla sotto il letto, lo stesso letto in cui di quel mondo, prima di partire e di incontrarlo, aveva sognato. Lo stesso letto in cui, di nuovo a casa, avrebbe continuato a sognare, tanto che il sogno si era trasformato non in un'esperienza realmente vissuta ma in ricordo. E che altro è il ricordo se non un'altra forma di sogno?

Con tono nostalgico, melanconico: "Quand'ero a Firenze..."

Poi, immediatamente, si corregge, da sola, con una punta di compiacimento: "Quand'*eravamo* a Firenze."

Perché ciò che più le ha dato piacere di quel viaggio, anzi ciò che in assoluto le ha dato piacere, è stato il fatto di essere partita da Fall River in compagnia di un gruppo scelto di ragazze, le figlie dei rispettabili e danarosi industriali della cittadina. E una volta lontana da Second Street era stata capace di muoversi a proprio agio nella cerchia sociale di Fall River di cui, di diritto, faceva parte, per via del suo ormai prestigioso cognome e dei soldi che suo padre s'era fatto, ma da cui – quando vi si trovava in patria – suo padre tuttavia la escludeva perché lui, suo padre, era un uomo estremamente eccentrico e assai particolare. Così il viaggio durante il quale le ragazze avevano diviso camere da letto, cabine di lusso e cuccette, come piccole oche schiamazzanti, era stato un viaggio che fin dall'inizio portava su di sé l'ombra di una condanna: loro erano le ragazze che non si sarebbero mai sposate, mai più, così la gioia del viaggio, l'eccitazione, tutta la varietà di quell'esperienza fu fin dall'inizio sciupata in anticipo dalla consapevolezza che proprio quella che sarebbe potuta essere la loro torta nuziale, bene, quella torta se la stavano mangiando; sciupata dalla certezza che il capitale che stavano usando sarebbe servito, ne avessero avuto la fortuna, per il loro contratto di matrimonio.

Erano tutte ragazze che avevano passato i trenta, ragazze cui era elargito il privilegio di uscire, così da andare a vedere com'era fatto il mondo prima di rassegnarsi ufficialmente a quella condizione di esilità e inconsistenza che è lo zitellaggio in Nuova Inghilterra; tuttavia non era il caso che lo toccassero, dovevano limitarsi a guardarlo, quel mondo. Sapevano che non dovevano fare ritorno a casa con le mani sporche, gli abiti stropicciati; la camaraderie affettuosa che le legava, en route, era dominata da un senso di risolutezza, di determinazione, come se ce la mettessero tutta a fare, con rassegnato coraggio, di una soluzione di ripiego la loro carta vincente.

Fu un viaggio segnato da una certa amarezza; un circolo vizioso che, andata e ritorno, si concluse là dove per Lizzie era iniziato, nello stesso amaro punto. A casa, ancora una volta. La casa stretta, con tutte le stanze chiuse a chiave come quelle del castello di Barbablù, con al centro la figura bianca e grassa della matrigna, che nessuno ama, seduta nel mezzo, come un ragno al centro della tela; non si era mossa di un centimetro per tutto il tempo in cui Lizzie era stata lontana, tuttavia era diventata ancora più grassa.

Sentiva la presenza della matrigna come un incubo, una maledizione.

I giorni s'affastellano, l'uno sull'altro, spazi soffocanti che le tolgono l'aria, come i vecchi mobili intorno e non c'è mai nulla di piacevole, di nuovo, in vista. Mai. E quando il

Vecchio Borden cacciò le mani in tasca per sborsare quanto necessario per il viaggio di Lizzie in Europa, dall'alto della piramide l'occhio di Dio ammiccò. Sembrava sorgesse per lei un nuovo giorno. E per la figlia più giovane del nostro avaro non c'è stravaganza, anche la più costosa che non le sia concessa dal momento che, così pare, può avere tutto quello che desidera. Lei, l'eccentrica spendacciona della famiglia. Lei, cui è permesso di scialacquare i dollari d'argento del padre come le aggrada. Lei, cui il padre paga senza batter ciglio tutti i conti della sarta. E all'eleganza lei ci tiene non poco! Non sa rinunciare all'eleganza ricercata. Per le sue piccole spese riceve dal padre settimanalmente ciò che la cuoca guadagna in un mese e Lizzie regala ciò che non spende su di sé ai poveri che lei reputi degni della sua carità.

Lui darebbe a Lizzie tutto quello che vuole, qualsiasi cosa al mondo, tutto ciò che cresce nell'ombra verde del dollaro.

Le piacerebbe avere un cucciolo, un gattino oppure un cane, adora gli animali di dimensioni minuscole, anche gli uccelli, come sono carini, teneri, indifesi. E per tutto l'inverno imbandisce di becchime la piccola piatta mangiatoia fuori. Un tempo teneva dei piccioni gozzuti nella stalla abbandonata, quelli che, morbidi come una nuvola, assomigliano a delle palle, e fanno "croo croo".

Nelle foto che di lei sono rimaste Lizzie Borden ha un volto su cui è difficile soffermarsi, come se di lei non si sapesse nulla. C'è come un'ombra su quel viso, un'ombra gettata dagli eventi futuri, o forse sono le ombre che quegli eventi vi hanno lasciato – qualcosa di mostruoso, una specie di presagio sinistro marchiato su un viso dalla mascella squadrata, sporgente, dallo sguardo folle, lo sguardo delle Sante della Nuova Inghilterra, lo sguardo di una persona incapace di ascoltare... lo sguardo di un fanatico, verrebbe da dire, se di lei appunto non si sapesse nulla. Se in un negozio di robavecchia, passando in rassegna vecchie fotografie raccolte in una scatola ci si imbattesse nell'immagine del suo viso, un viso peculiare, color seppia sbiadita che spunta da uno stretto colletto, uno di quei soffocanti soggoli che si portavano negli anni '90, vedendolo, verrebbe da bisbigliare "Che occhi grandi hai!", come disse al lupo Cappuccetto Rosso. Nondimeno è probabile che non ci si soffermerebbe neppure per scegliere lei tra le altre e guardarla più attentamente visto che di per sé il suo viso non ha nulla di straordinario.

Tuttavia non appena a quel viso venga dato un nome, non appena la si riconosca, non appena ci si renda conto di chi lei sia e di cosa abbia fatto, il suo diventa il volto di una indemoniata che da quel momento prende a perseguitarti, non lascia che tu ne distolga lo sguardo. Quel viso racchiude un misterioso segreto.

Eccola lì, lei, mascella da Kapò, e gli occhi, gli occhi...

Molto avanti negli anni portava un pince-nez e a dire il vero con il tempo gli occhi avevano perso la luce folle che li illuminava o forse erano gli occhiali a defletterla – a condizione che, è ovvio, *quella* luce fosse la luce della pazzia, che *ci fosse* realmente, perché non capita forse a tutti di tenere ben nascoste fotografie in cui anche noi assomigliamo a pazzi e assassini? Inoltre, nelle foto meno recenti, quelle che invece la ritraggono da giovane, più che di un soggetto da manicomio criminale, Lizzie Borden ha l'aria di una persona profondamente sola, lo sguardo assente, perso alla volta della macchina fotografica nella cui direzione sorride dimentica, un sorriso misterioso, talmente vago che non ci si stupirebbe nello scoprire che è cieca.

C'è uno specchio sulla sua toeletta, uno specchio in cui si guarda ogni qualvolta il tempo si spezza bruscamente in due, quando lei, con quei suoi occhi chiaroveggenti e ciechi, si vede come se quella che ha davanti a sé fosse un'altra persona.

"Oggi Lizzie non è Lizzie."

È allora, durante quei brevi e irreparabili momenti della sua vita, che avrebbe potuto levare il suo muso puntuto alla luna, una luna sofferente, e ululato.

Altre volte invece si guarda allo specchio mentre si pettina, mentre si prova i vestiti. Lo specchio le rimanda un'immagine vagamente distorta, quasi fedele e insieme nauseante, come quando ti guardi nell'acqua. Si infila gli abiti e poi si spoglia. Si guarda allo specchio con addosso solo il bustino. S'aggiusta i capelli. Con il centimetro si prende le misure, pezzo per pezzo. Tira per bene il centimetro.

Si risistema i capelli. Prova un cappello, un cappello piccolo, una minuscola toque, di paglia, molto elegante. La fissa con uno spillone. Abbassa la veletta. La risolleva. Toglie il cappello. Ci conficca lo spillone con una forza che neppure lei sapeva di avere.

Gli anni passano e non capita nulla.

Con mano tremante insegue i contorni del volto, come se le fosse venuta voglia di sciogliere le bende che le serrano l'anima, ma no, non è ancora venuto il momento. Non ancora. Non è ancora pronta.

Lei è una ragazza tranquilla, ha la calma di Sargossa.

Teneva i suoi amati piccioni nel solaio della stalla in disuso. Aveva l'abitudine di dar loro da mangiare tenendo il becchime nelle mani giunte a coppa. Le piaceva sentire quei graffi gentili che le facevano con il becco puntuto. Con tenerezza infinita mormoravano "croo croo". Cambiava per loro l'acqua tutti i giorni e ripuliva il sudiciume simile a lebbra che spargevano in giro. Ma un giorno il loro tubare prese ad infastidire il Vecchio Borden, cominciò a innervosirlo, chi avrebbe mai detto che *avesse* un sistema nervoso, ad ogni modo lui se ne inventò uno, dunque i piccioni lo innervosivano. Così andò in cantina e prese l'accetta che stava sulla catasta di legna, e uno dopo l'altro decapitò i piccioni.

Ad Abby sarebbe piaciuta l'idea di uno sformato fatto con i piccioni massacrati, ma Bridget, la serva, di fronte a quell'idea s'impuntò: cosa?!? Fare delle amate tortorelle di Miss Lizzie uno sformato? Gesù, Maria e Giuseppe!!! sbotta Bridget con la sua solita foga, ma cosa gli era venuto in mente! Una cosa del genere a Miss Lizzie, così nervosa e lunatica e tutto il resto! (La cameriera, e questo va detto, è l'unica fra tutti che abbia un minimo di buon senso.) Lizzie tornò a casa dalla Missione Fiori e Frutta. Era andata all'ospizio, a leggere un opuscolo a una vecchietta: "Dio la benedica, Miss Lizzie." A casa, sangue e penne ovunque.

Non piange, non è nella sua natura, è un'acqua cheta, ma quando è agitata, cambia colore, le si imporpora il volto, si fa scuro, furente, le si chiazza di rosso. Il vecchio la ama senza tuttavia idolatrarla, le compera tutto quello che vuole, nondimeno ha ucciso i piccioni quando sua moglie ha espresso il desiderio di farsene una scorpacciata.

È così che lei la capisce. È così che pensa. Non può guardare sua madre mangiare, da allora.

Ogni boccone che si mette in bocca le sembra faccia "croo croo".

Il Vecchio Borden ripulì l'ascia e la rimise in cantina, accanto alla catasta di legna. Via via che le chiazze rosse le andavano impallidendo sul viso, Lizzie scese a vedere lo strumento con cui era stata compiuta la strage. Lo prese in mano e lo soppesò.

Tutto questo avveniva qualche settimana prima, era l'inizio della primavera.

Ora nel sonno le si contraggono leggermente le mani, e i piedi, i nervi, mentre i muscoli del complicato meccanismo che lei è non ce la fanno a rilassarsi, è inutile, non ce la fanno. È un filo teso, tensione allo stato puro, rigida, come le corde di un'arpa dalle quali disordinate correnti d'aria estraggono melodie scordate.

Al primo rintocco dell'orologio del Municipio, la sirena della fabbrica squilla, poi, in una nota diversa, un'altra e un'altra ancora, l'opificio Mill, l'American, il Mechanics... uno dopo l'altro finché da tutti gli stabilimenti della città si leva alto un unico inno di richiamo e i vicoli afosi dove vivono gli operai si fanno scuri per la folla che frettolosa li percorre: presto! veloci! di corsa verso le fabbriche, ai telai, ai rocchetti, ai fusi, verso le tintorie, come se quelli fossero luoghi di culto. Uomini, donne e anche i bambini. Le strade si fanno nere, e il cielo, ora che i camini vomitano fumo scuro mentre ha inizio il frastuono, il clangore sferrato, lo scalpitio assordante degli opifici.

Sulla sedia, la sveglia di Bridget sul punto ormai di far risuonare l'allarme, sobbalza e rabbrividisce d'orrore. Il giorno dei Borden, quello che sarà loro fatale, vacilla incerto, sul baratro dell'alba.

Fuori, là in alto, nell'aria ormai riarsa, eccolo! appollaiato sulla trave di colmo, l'angelo della morte.

INDICE

*Stampa Sipiel*
*Milano, aprile 1987*